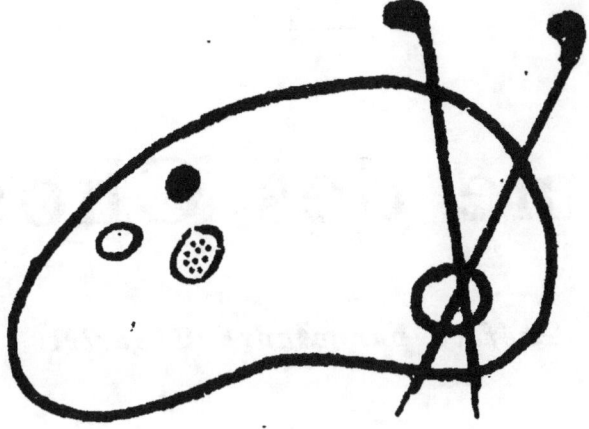

Couvertures supérieure et inférieure
en couleur

AUGUSTE BLONDEL

L'Ame des Choses

Préface par André Theuriet

888

PARIS

ALPHONSE LEMERRE, ÉDITEUR

23-31, PASSAGE CHOISEUL, 23-31

M DCCC LXXXIX

BIBLIOTHÈQUE CONTEMPORAINE

VOLUMES IN-18 JÉSUS, IMPRIMÉS SUR PAPIER VÉLIN
Chaque volume : 3 fr. 50

PARIS. — Imprimerie A. LEMERRE, 25, rue des Grands-Augustins.

L'Ame des Choses

AUGUSTE BLONDEL

L'Ame des Choses

Préface par André Theuriet

FAC ET SPERA

PARIS

ALPHONSE LEMERRE, ÉDITEUR

23-31, PASSAGE CHOISEUL, 23-31

M DCCC LXXXIX

PRÉFACE

PRÉFACE

L fut un temps, — je m'en souviens d'autant mieux que c'était à l'époque de mes débuts; — il fut un temps où le conte et la nouvelle semblaient absolument démodés. Le public d'alors voulait de longs romans. Les histoires brièvement contées ne trouvaient pas de lecteurs, et les éditeurs refusaient impitoyablement les recueils de nouvelles, sous prétexte que « ça n'était plus de vente. » Un moment, on put croire que ce genre charmant, si

français, où avaient excellé Mérimée, Musset et de
Vigny, allait disparaître de la production littéraire,
comme certains animaux et certaines plantes ont disparu de la faune ou de la flore forestière.—C'eût été
grand dommage, car, parmi les œuvres de l'esprit, il
n'en est pas de plus savoureuse, de plus artistement
exquise qu'un conte sobrement écrit, évoquant en sa
rapide brièveté, dans l'esprit du lecteur, un monde
de sensations, de ressouvenirs, et donnant en quelques
pages l'illusion de toute une longue vie humaine.

Si une nouvelle bien faite est un plaisir pour les
délicats qui la lisent, elle est à la fois la joie et le
tourment de celui qui l'a écrite. Elle le possède et le
captive bien plus qu'un long roman. La donnée, four-
nie par l'imagination ou l'observation directe, est
pareille à une légère semence, jetée au hasard du
vent dans un coin de bonne terre. Elle y germe lentement, enfonce ses racines dans l'humus, pousse ses
tiges au dehors, prend royalement possession du
dessus et du dessous. Dès que l'idée première d'un
conte s'est installée en souveraine dans le cerveau de
l'auteur, celui-ci commence à connaître toutes les
douloureuses délices de la composition. Le choix et

l'harmonieuse distribution des détails, la mise en lumière ou en relief de ceux qui doivent contribuer à l'intensité de l'effet, le rejet dans une ombre discrète des incidents secondaires qui ne servent qu'à faire fond, la judicieuse application des touches fines, précises et justes, qui font vivre un personnage ou un coin de nature — autant de recherches absorbantes et qui passionnent anxieusement. — Mais aussi quelle volupté, si l'on réussit, dans un petit cadre, à donner l'illusion de la vie, à éveiller dans l'âme du lecteur, à l'aide de quelques pages, une série d'émotions, de ressouvenirs et de rêves !... Lisez, par exemple, tel court récit de Tourgueneff, vous vous trouverez magiquement transporté dans le milieu décrit par l'auteur, et vous vivrez longtemps en compagnie des personnages évoqués par la magistrale imagination du nouvelliste russe.

M. Auguste Blondel, l'auteur des contes que j'ai grand plaisir à présenter aujourd'hui au public, n'est point un débutant en littérature. Il a publié, il y a deux ans environ, une très substantielle étude sur la vie et les ouvrages de Rodolphe Töpffer, son compatriote. Un commerce familier avec les œuvres de l'auteur des Nouvelles genevoises a dû nécessairement donner à M. Blondel le goût des récits courts, doucement émus et finement assaisonnés d'une pointe d'humour. On se tromperait toutefois si l'on pensait ne trouver en lui qu'un disciple de Töpffer. S'il possède, comme son compatriote, le don de conter sobrement, familièrement et simplement; s'il a une préférence pour les sujets choisis dans la vie intime des humbles, il est également doué d'une imagination vive et ingénieuse, qui l'emporte volontiers vers ces régions un peu étranges où la réalité confine au rêve. Il y a deux courants bien distincts dans le volume de M. Blondel : le courant fantastique et le courant réaliste. Il a puisé dans le premier des contes d'une invention et d'une psychologie très curieuses : L'Altica rubra, Saint-Ferréol, L'Ame des choses, Double vie; et dans le second, des récits intimes, tendrement émus : La Dernière Leçon du professeur Lasius, Louise, Sous l'acacia, etc. Parfois les deux courants en se mélangeant produisent des effets de couleur très dramatiques, comme dans Le Curé de Rauzas et la Mort de Victoire.

Ce qui fait surtout l'attrait de ces courtes nou-

velles, à quelque genre qu'elles appartiennent, c'est
un grand naturel, une observation juste, même dans
le domaine purement fantastique ; c'est aussi une
façon toute personnelle d'émouvoir sans recourir à
des violences de style ou à des crudités de détail dont
on a trop abusé. Il faut également louer M. Blondel
de n'avoir point cédé à cette manie du moment qui
consiste, sous couleur de vérité scientifique, à ennuyer
le lecteur d'analyses psychologiques tellement subtiles
qu'elles en deviennent inintelligibles, ou d'observations médicales si consciencieusement documentées
qu'elles en sont écœurantes. — On aura beau prêcher,
quintessencier et se retourner les ongles, on n'arrivera
jamais à faire d'une œuvre d'art une œuvre de science ;
on ne réussira qu'à compromettre l'art sans donner
une satisfaction sérieuse aux véritables savants. Si le
lecteur veut s'instruire, il ira tout droit aux ouvrages
spéciaux et ne se contentera pas de prétendus docu-
ments scientifiques de seconde main, plaqués plus
ou moins habilement dans une œuvre d'imagination.
Si, au contraire, il veut lire un roman ou un conte,
il exigera avant tout que le conteur l'intéresse. Il
faudra toujours revenir à cette loi fondamentale :

— le but de l'œuvre d'art est d'émouvoir ou de charmer.

Avec les contes de M. Auguste Blondel, on goûtera ces deux joies de l'esprit : — l'attrait et l'émotion; — et c'est pourquoi je suis heureux de recommander son livre à ceux qui aiment les œuvres simples, saines et délicates.

Talloires, septembre 1888.

ANDRÉ THEURIET.

LA DERNIÈRE LEÇON

DU PROFESSEUR LASIUS

LA DERNIÈRE LEÇON

DU PROFESSEUR LASIUS

I

E savant professeur Lasius se leva pour prendre un livre dans sa bibliothèque. De son pas lent et mesuré, il se dirigea vers un in-folio relié en peau de truie, qui pouvait bien être un indigeste *Corpus juris*; il essuya méthodiquement quelques grains de la poussière

imaginaire qui recouvrait l'in-folio, fixa méthodiquement aussi ses lunettes sur son nez, et se
remit à son grand ouvrage de droit romain,
digne couronnement de sa longue carrière uni-
versitaire. L'on n'entendit bientôt plus dans la
chambre que le grattement de la plume d'oie et
le bourdonnement d'une mouche fourvoyée dans
cette docte retraite et qui se précipitait contre la
vitre, éprise de soleil et de grand air. Mouche
indiscrète et malavisée, en vérité! car rien ici ne
saurait la retenir : rideaux foncés et tenture sombre, et, sur la table de travail, où un folâtre rayon
de soleil se permet de badiner, rien que des
papiers entassés, des brochures et des livres.

Contre les murs, de massives bibliothèques de
chêne et des portraits au cadre noirci : nobles
magistrats à la perruque poudrée contemplant
cette salle où presque rien depuis eux n'a changé.
Sur la haute cheminée, deux coupes en marbre,
austères et froides comme le propriétaire du
logis. Entre les coupes, une pendule orne le
fronton d'un temple grec, mais depuis longtemps
elle a arrêté son joyeux tic-tac et le timbre écla-

tant de sa sonnerie, et le silence s'est fait autour
du vieux savant.

Aussi bien, n'eût-on pas dit, à le voir, qu'on
avait devant soi l'un de ces portraits échappé à
son cadre, tant sa figure était impassible et
rigide, tant son regard était immobile sous le
verre de ses lunettes. Toute sa vie s'accomplissait
avec une régularité automatique. Trois fois par
semaine, le matin, à dix heures moins un quart,
le professeur Lasius apparaissait sur le seuil de sa
maison, allant donner son cours à l'Université.
Irréprochable dans sa tenue, il allait d'un pas
lent et compassé, secouant sur son jabot quelques
grains invisibles de tabac d'Espagne. Il savait
d'avance qu'il aurait à recevoir un certain nombre
de saluts respectueux, et il les rendait en gentil-
homme accompli. Son cours achevé, il rentrait
chez lui par les boulevards extérieurs et faisait le
tour des fortifications.

Le dimanche, après-midi, il rendait visite à sa
sœur, la comtesse de Berghes, et, en revenant, il
passait au Cercle des Marronniers pour parcourir
les journaux. Cette unique visite du dimanche

constituait toute la vie sociale du professeur. Pour
lui, le monde extérieur n'existait pas, et pourvu
qu'Anselme, son factotum, son valet de chambre
et son intendant, lui servît son potage à l'heure
réglementaire, et qu'il eût sous la main ses auteurs
favoris, toutes choses lui semblaient cheminer à
merveille...

Et pourtant, le dimanche 14 janvier 18..,
comme il revenait de chez la comtesse de Berghes, on remarqua un fait étrange, dont on parla
dans la ville : le professeur Lasius n'était point
entré au Cercle des Marronniers! Qu'aurait-on
dit, si on l'avait vu prendre comme d'habitude le
volumineux *Corpus juris* dans sa bibliothèque,
l'essuyer avec précaution comme d'habitude aussi,
mais, changement inexplicable et mystérieux,
oublier de l'ouvrir, oublier de fixer ses lunettes,
oublier de se rasseoir pour travailler..., et rester
debout, l'œil fixe, au milieu de sa chambre, son
in-folio sous le bras!

II

Sur le fronton d'une maison de la vieille ville, on lit en caractères flambant neufs cette inscription : « Œuvre des jeunes poitrinaires. » C'est un ancien hôtel, avec son escalier monumental, ses balcons en fer forgé, qui a été converti en hôpital, grâce à la munificence de la comtesse de Berghes, et c'est elle dont on voit passer et repasser la silhouette derrière les hautes fenêtres.

Dès le matin, elle arrive pour surveiller ses chers malades ; elle court de-ci, de-là, ouvrant ou fermant les rideaux des lits, donnant des ordres, distribuant des remèdes, assistant à la visite du médecin, toujours en mouvement, toujours remuante sous ses longs habits de deuil. A peine à midi prend-elle le temps de se mettre à table, de

jeter un regard sur sa petite fille, Nini, qui n'a
besoin, elle, ni de son temps ni de son argent,
et la voilà repartie pour le Comité de l'établissement des Orphelines, dont elle est dame patron-
nesse.

C'est ainsi qu'elle s'est consolée de la mort de
son mari; elle ne s'appartient plus: elle s'est tout
entière donnée aux pauvres, aux affligés, aux
déshérités. Il n'est plage lointaine où elle n'envoie des vêtements et des subsides, il n'est liste
d'œuvres charitables où elle ne figure au premier
rang. Aussi son existence se passe dans une fièvre
continuelle, sans qu'elle songe à se préoccuper
de cette humble et fraîche petite fleur qui s'entr'ouvre à ses côtés, et qui s'épanouirait plus
fraîche encore aux rayons du soleil, au sourire de
sa mère.

Or, Nini devient grande personne; elle a
huit ans révolus, et Mlle Steable, son institutrice
anglaise, lui semble tous les jours plus maigre,
plus sèche, plus anguleuse tant au moral qu'au
physique. Elle a des tristesses, Nini; elle reste
pensive au milieu de ses livres et de ses jouets.

Et pourtant, dans la ville, il n'est guère de jardin plus beau que celui où elle prend ses ébats; il n'est guère de petite fille qui ait de plus jolies robes et de plus jolis chapeaux. Mais songez que Nini fait tous les jours la même promenade aux mêmes heures, et qu'il s'agit de se tenir bien droite et bien digne à côté de la raide et digne miss Steable; songez que tout est réglé, fixé d'avance, que Nini fera de l'allemand à telle heure, du piano à telle autre heure, et qu'elle n'a guère d'amies de son âge avec qui s'amuser et jaser à cœur joie.

A midi, elle entrevoit sa mère, qui s'assied à peine quelques minutes, occupée de ce qu'elle a vu le matin, et se préparant aux séances auxquelles elle va assister. Elle s'informe auprès de Miss de la santé de Nini, l'embrasse en passant et sort comme une bombe. Et lorsque vient la nuit, et que, dans la grande salle à manger lambrissée de chêne, Nini se retrouve avec sa mère pour le repas du soir, elle se sent perdue, isolée, et il lui prend des envies de pleurer. Qu'est-ce qu'elle a donc, la mignonne fillette ?

Le salon, à peine éclairé par une seule lampe, n'a pas un aspect plus rassurant : aussi Nini se tient bien droite sur sa chaise, à lire, ou à écouter les longs récits de sa mère à sa gouvernante. Le bâillement la gagne : comme l'heure est lente, lente à s'écouler !

— Cette enfant a l'air fatigué, dit tout à coup Mme de Berghes... C'est le moment d'aller dormir, Hélène. Que Dieu vous garde !...

Un baiser ni bien tendre, ni bien long, et Nini rentre dans sa chambre...

Et c'est ainsi que les journées s'écoulent uniformes, et la fillette devient plus sérieuse et plus pensive. Un soir que, chose rare, elle dînait chez une de ses cousines, le dîner terminé, elle avait vu les enfants monter sur les genoux de leurs parents, leur faire mille caresses, leur donner mille baisers aussitôt rendus... Ce soir-là, elle comprit ce qui lui manquait.

Oh ! comme elle aurait voulu, elle aussi, entourer de ses bras le cou de sa mère, et lui dire qu'elle l'aimait, qu'elle l'aimait, le lui répéter à satiété ! Cela devait être si bon, si doux, cette étreinte! Aussi que de timides insinuations aux confidences, que de caresses ébauchées et arrêtées par un regard, par une intonation de voix indifférente ou distraite! Il y avait des jours où Nini rêvait d'être une pauvre poitrinaire, sans soutien, sans argent : peut-être qu'alors sa mère s'occuperait d'elle et la choierait, comme elle choyait les heureuses malades de l'Asile...

Si du moins elle avait trouvé dans Miss une amie et une confidente, mais celle-ci traitait les rêveries de l'enfant de sentimentalisme maladif, et ne connaissait d'autre correctif à cet état de choses que les biftecks saignants et les leçons de gymnastique... Ce n'est point qu'elle eût mauvais cœur, mais de quoi en vérité pouvait-elle se plaindre, cette enfant à qui rien ne manquait, de ce qui manque à tant de déshérités d'ici-bas!...

Nini, en désespoir de cause, songea à l'oncle Lasius... Certes, son aspect n'avait rien de bien engageant; c'est à peine si, dans sa visite hebdomadaire, il adressait la parole à sa nièce, mais, sous ce dehors glacial, se cachait peut-être un cœur ardent et chaud. Ce fut alors un spectacle touchant : cette fillette accueillant le docte professeur de son plus doux sourire, le débarrassant de sa canne, approchant son fauteuil du feu ; puis une fois qu'il est assis, elle s'assied à son tour sur un tabouret tout près, tout près de son oncle, et, silencieuse, elle l'écoute, en fixant sur lui le clair regard de ses grands yeux. Elle fit tant et si bien qu'il s'aperçut un jour que l'enfant grandissait et devenait jeune fille ; il la questionna parfois sur ses travaux et lui demanda de se mettre au piano, pour qu'il pût juger de son talent.

Petit à petit, ses visites du dimanche se prolongèrent ; il venait de meilleure heure, il s'en allait plus tard ; et si d'aventure Mme de Berghes était appelée à sortir pour quelque œuvre pie, il ne songeait point à quitter le salon en même temps qu'elle. Sans qu'il s'en rendît compte, il se faisait une douce habitude de causer avec Nini, il s'amusait de son frais babil et de ses reparties enfantines...

Un soir qu'il était seul avec elle, elle s'enhardit jusqu'à monter sur ses genoux, et l'on ne sait comment il arriva que les deux petits bras de l'enfant s'enlacèrent autour du cou du vieillard, tandis qu'une voix murmurait à son oreille :

— Non, non, ne partez pas encore, oncle Lasius. Comme vous êtes bon, et comme je vous aime !...

Et, pendant un instant, Nini savoura cet immense bonheur d'une caresse donnée et rendue : car, sans s'en douter, la tête blanchissante du professeur s'était penchée vers la joue de l'enfant, pour y poser un baiser...

Et c'est pourquoi ce soir-là, l'heure étant passée, M. Lasius n'alla point au Cercle des Marronniers lire les journaux comme d'habitude.

III

Il se promena longtemps dans sa bibliothèque, les mains derrière le dos, cherchant à analyser ce qui se passait en lui d'étrange et d'anormal. Des

souvenirs de sa jeunesse remontaient par bouffées
dans sa mémoire; il lui semblait qu'il se réveillait
d'un profond engourdissement; il contempla d'un
air étonné les grands in-folio de la bibliothèque,
le *Corpus juris* entr'ouvert sur sa table, et se
demanda si c'était bien lui qui, depuis des
années, vivait ainsi loin de la nature, loin du
soleil, loin de ses semblables dans une égoïste
solitude.

Il se rappela qu'enfant, il jouait dans cette
même chambre, et que son père contemplait ses
ébats d'un œil indulgent. L'air lui paraissait étouffant; il ouvrit la fenêtre à grand'peine : il y avait
si longtemps qu'elle n'avait pas été ouverte ainsi,
toute grande!

Et comme si ce spectacle se présentait pour la
première fois à ses regards, le vieux savant resta
les yeux fixés sur l'immensité sereine et étoilée...
Une cloche sonna lentement une heure... Les
vibrations se prolongeaient dans le silence de la
nuit. M. Lasius sentit une larme glisser sur sa
joue. Devenait-il fou? Son cœur comprimé pendant des années se reprenait à battre!... Un

immense désir, une soif intense d'activité, de sympathie, de dévouement, bouillonnait en lui.

L'âme du vieillard s'était réveillée au contact de l'âme de l'enfant.

Et maintenant il se demandait comment il avait pu vivre si longtemps inutile, comment il n'avait pas deviné plus tôt tout ce que le cœur de sa nièce lui offrait d'incomparables trésors, combien cette petite était isolée et pauvre dans sa richesse.

Quel étonnement quand on le vit arriver chez Mme de Berghes le mardi au lieu du dimanche! Il venait demander à sa sœur l'autorisation de donner quelques leçons à Nini, deux, trois fois par semaine. La fillette viendrait chez lui et il la ramènerait lui-même à la maison, la leçon terminée. L'autorisation fut accordée, et alors commença pour les deux amis une vie délicieuse que l'on ne saurait raconter. La vieille bibliothèque s'était transformée à l'apparition de l'enfant, et la pendule, mise en mouvement par un doigt invisible, disait de sa voix joyeuse les heures envolées.

La surprise redoubla dans la ville quand on vit
le grave professeur profiter d'un matin de printemps pour se promener avec une petite fille,
qu'il tenait par la main. Un indiscret qui les suivit
aperçut le juriste qui franchissait d'un bond un
fossé et s'escrimait dans une haie à atteindre avec
sa canne une branche d'églantier. C'était pour
tous deux une série de découvertes qui les en-
chantaient. Il n'avait plus écouté, le vieux Lasius, depuis quarante années, les mille voix de la
Nature, et il s'associait aux naïfs étonnements de
son élève bien aimée. Celle-ci faisait son éduc-
cation et celui-là la recommençait.

Un beau jour, il donna sa démission de professeur : il n'avait plus le temps de s'occuper de
droit... Mais sa porte, l'après-midi, était rigou-
reusement fermée, et l'on disait qu'il voulait bien
encore s'intéresser à quelques étudiants pauvres...
et leur faciliter leurs études.

IV

Nini s'épanouissait à vue d'œil : la frêle enfant se développait à ce souffle d'affection. Sa mère, toujours plus occupée par ses œuvres charitables, la laissait volontiers aller chez M. Lasius, et on lui cachait avec soin les escapades dans la campagne, qu'elle aurait trouvées, ainsi que miss Steable, bien peu compatibles avec ses principes d'éducation. Bref, tout marchait pour le mieux, lorsque Nini reçut, pour la première fois, une invitation à un bal. On comprend quel émoi cette lettre jeta dans sa petite cervelle. Un bal, cela doit être si beau, si amusant! Un mot de sa mère arrêta cet élan de joie.

—Tu ne peux accepter : tu ne sais pas danser, et je trouve tout à fait inutile de te faire donner des leçons pour le moment. Dans quelques années, nous verrons.

Nini conta sa déception à son oncle, et celui-ci :

— Il faut apprendre à danser, fillette, dit-il, et tu feras cette surprise à ta mère... Mais... — et le professeur se grattait furieusement la tête... — Enfin, j'y réfléchirai.

Pendant quelques jours, M. Lasius sembla fort occupé, et il ne sortit guère de chez lui. Deux fois, Anselme, son domestique, le surprit montant dans son grenier et en redescendant couvert de poussière, les mains vides ; à un troisième voyage, il revint cachant un objet étrange derrière son dos. Puis il redoubla de sévérité et défendit absolument sa porte.

Une semaine entière s'écoula sans que Nini vînt prendre ses leçons, et l'on put croire que le professeur s'était remis à composer son livre de droit romain. Cependant les manuscrits étaient fermés et les in-folio dormaient paisiblement sur les rayons de la bibliothèque. Anselme ne put contenir plus longtemps sa curiosité. Il s'achemina à petits pas vers la chambre de son maître, mais un bruit inusité vint frapper son oreille et le clouer au sol : quelqu'un s'essayait à jouer du violon dans le cabinet de travail de M. Lasius ! L'idée que le grave et compassé professeur se livrait à la musique lui sembla si comique, qu'il ne put s'empêcher d'éclater de rire. La porte s'ouvrit et Anselme n'eut que le temps de s'enfuir à toutes jambes...

Deux jours après, Nini fit de nouveau son entrée dans la bibliothèque pour reprendre sa leçon. Elle trouva que son cher oncle avait une figure singulière qui trahissait le plus sérieux embarras. On ne sait quelle question elle lui adressa à ce sujet, mais la réponse fut si fort du goût de la fillette qu'elle poussa un cri de joie, et que cet indiscret d'Anselme se crut autorisé à mettre son œil au trou de la serrure pour apprendre ce qui motivait un tel accès de gaieté.

Alors il vit un tableau unique et invraisemblable, tellement invraisemblable qu'il se pinça pour se bien convaincre qu'il ne rêvait pas : le savant professeur Lasius, qui avait pendant trente ans occupé une chaire de droit à l'Université, le membre d'on ne sait combien de sociétés savantes, l'homme le plus correct, le plus gourmé, le plus académique de la ville, tenait un violon sous son bras et donnait une leçon de danse à Mlle Nini!

Il avait songé soudain à ce violon, compagnon de sa jeunesse, caché comme elle sous une épaisse poussière, il l'avait retrouvé au grenier, et il en jouait vraiment le mieux du monde. Et c'était merveille d'entendre les vieux airs de menuet, merveille de voir ces pointes, ces saluts, ces pirouettes, et ces pas de zéphyr, et ces jetés et ces battus!

L'élève fut digne du maître, et Mlle de Berghes dansa à son premier bal avec une grâce et une gentillesse, une perfection et une distinction que l'on ne connaît plus maintenant.

Telle fut la dernière leçon du professeur Lasius. S'il fût resté juriste tout simplement, peut-être que son nom ne nous serait jamais parvenu.

L'ALTICA RUBRA

L'ALTICA RUBRA

I

ÉCIDÉMENT il était un peu fou, mon ami Herbert Mac Ney. Je le regardais cheminant à mes côtés, ses grands cheveux blonds flottant sur ses épaules, faisant des enjambées d'un mètre et demi. Son corps maigre s'allongeait encore sous les rayons de la lune, et lorsqu'il s'appuyait sur son bâton ferré, il ressemblait à une de ces araignées que l'on voit courir sur les murailles.

Il était un peu fou, mon ami Herbert Mac Ney. Nourri des légendes merveilleuses de l'Écosse, il s'était endormi bercé par la musique des contes de fées, et ses yeux bleus-verdâtres, comme les lacs de sa patrie, gardaient dans leur profondeur un charme étrange et mystérieux. Pour le moment, il marchait auprès de moi, suivi d'un guide aux formes athlétiques, chargé de paquets de toutes les dimensions.

Il pouvait être environ neuf heures du soir. La petite ville de Pontresina que nous venions de quitter voyait ses maisons s'illuminer à la clarté de la lune; le ciel au-dessus de nos têtes s'étendait profond et scintillant d'étoiles. Devant nous s'ouvrait la vallée de Rosegg, avec ses forêts de sapins, de mélèzes et d'aroles, et tout au fond, comme un nuage blanchâtre, le glacier et les pics neigeux qui le dominent.

Nous allions précisément coucher au pied de ce glacier. Le lendemain, avant l'aube, Herbert devait partir avec deux guides pour tenter une ascension à quelque sommité, tandis que je resterais paisiblement à dessiner dans la vallée. Nous marchions en silence, pénétrés du charme de cette nuit de juillet, échangeant à peine quelques paroles pour exprimer notre admiration.

Le chemin longe un torrent aux ondes tourmentées, qui se fraie péniblement son cours au milieu d'un dédale de rochers amoncelés. L'eau mugit et bouillonne, puis se précipite soudain en cascade éblouissante pour disparaître bientôt entre d'énormes blocs couverts de mousse et de verdure. La route suit dans ses méandres l'onde capricieuse ; à droite et à gauche les sapins et les mélèzes semblent groupés à plaisir et plantés par le jardinier le plus habile dans son art. Un gazon fin, serré, étend comme un tapis moelleux sous les arbres et couvre de son velours les ondulations du terrain. Çà et là des genévriers aux fruits violets étalent leurs buissons épineux, des touffes de rhododendrons offrent au passant une ample moisson de fleurs.

L'atmosphère était pleine de senteurs balsamiques, l'odeur résineuse des pins se mêlait au parfum du thym et des fraises des bois. Un air léger qui venait du glacier vous soufflait la force et la vie, et c'était une fête sans pareille que cette promenade de nuit dans les hautes Alpes.

Tandis que nous cheminions au pied d'un éboulement, quelques pierres ébranlées se mirent à rouler jusque sur le chemin. Mac Ney s'arrêta d'un air de défi :

— Vous le voyez, s'écria-t-il en se retournant vers moi, voilà la déclaration de guerre! La montagne s'efforce d'arrêter les imprudents visiteurs qui veulent la surprendre dans son sommeil. Je la connais, sa haine pour nous, pour moi en particulier.

Je l'interrompis en riant :

— Vous m'avez, en effet, parlé de vos étranges idées sur ce point, lui dis-je. Vous êtes tout simplement un affreux panthéiste, mon cher. Vous prêtez la vie et le sentiment à ces rochers inanimés, à ces pics de glace ; vous les revêtez de nos passions humaines.

— J'ai été élevé dans les montagnes d'Écosse, reprit Mac Ney avec feu, et j'ai lutté toute mon enfance dans la solitude des hauts sommets. Ils ne voulaient pas de moi. L'homme est odieux à la nature, elle se défend contre ses empiétements. C'est un combat sans cesse renouvelé entre ces deux puissances. La forêt se venge de nous, les ronces en nous déchirant le visage, les arbres en écrasant le bûcheron, leur bourreau! Les cimes couvertes de neige nous gardent leurs crevasses perfides et leurs rochers à pic. Que de fois je suis rentré de mes courses dans la montagne les vêtements déchirés et les pieds en sang; mais là-bas, j'ai parcouru les steppes de bruyère les plus sauvages, mon œil a découvert des sites inconnus, la montagne n'avait plus de secrets pour moi, plus de sentiers inexplorés, je la connaissais, je l'avais vaincue!

— Vous aurez fort à faire si vous comptez visiter en détail toutes les Alpes de notre Suisse! dis-je à mon Écossais.

— Elles se défendent, elles aussi, contre la domination de l'homme. Trois fois j'ai entrepris l'ascension de la Bernina, trois fois j'ai dû y renoncer; la quatrième j'ai réussi, mais un de mes guides est resté dans une crevasse. Demain j'explorerai les glaciers des environs; la montagne aura beau s'envelopper de brouillard, dussions-nous tailler chacun de nos pas dans la glace, je mettrai le pied sur ces sommets immaculés! Montagne, je serai ton maître! ajouta le jeune fou en brandissant son bâton ferré d'un air menaçant.

Le grondement sourd d'une avalanche nous arriva du fond de la vallée comme une réponse à ce défi.

Notre guide ébaucha un signe de croix.

— Que la sainte Vierge nous protège, murmura-t-il à voix basse, à quoi sert de blasphémer ainsi!

— Pas plus tard que demain soir je reviendrai à Pontresina une *rabiosa* à ma boutonnière! continua Mac Ney...

Cette fois le guide pâlit:

— Ne dites pas cela, monsieur, ne parlez pas en riant de la *rabiosa*, cela vous portera malheur.

— Qu'est-ce que cela, mon brave? demandai-je au guide.

— C'est une fleur des hauts sommets, interrompit Mac Ney en riant; une légende du pays prétend qu'elle appartient au génie de la montagne, et que quiconque la touche est aussitôt puni de mort. Du reste le danger n'est pas grand, car on n'aperçoit pas souvent cette fameuse fleur. J'aurais même cru que ce n'était qu'un mythe inventé par l'imagination des montagnards, si je ne l'avais vue un jour de mes propres yeux.

— Vous l'avez vue? exclama le brave Hans.

— Et même je l'ai cueillie! ce qui ne m'empêche pas d'être ici à vos côtés, en chair et en os, et des plus solides sur mes jambes.

MacNey me dépeignit tant bien que mal cette fameuse fleur et je crus reconnaître aux caractères qu'il m'indiqua l'*Altica rubra,* déjà décrite par Linné, fleur difficile à trouver, affectionnant comme l'édelweiss les cimes élevées et le bord des précipices.

Notre guide marchait en silence à nos côtés, mais il avait l'air agité et inquiet:

—Pour moi, je n'ai vu que deux fois la *rabiosa,* dit-il lorsque Herbert eut fini de parler, et ces deux fois, c'était dans la main crispée d'un cadavre. De pauvres chasseurs de chamois, attirés

par son éclat, avaient cueilli cette fleur couleur
de sang, et ils avaient payé de leur vie cette imprudence.

Le front de Mac Ney se rembrunit :

« Ecoutez, reprit-il d'un ton plus sérieux, il
faut que je vous avoue que le jour où j'ai cueilli
l'*Altica rubra*, comme tu l'appelles, il m'est arrivé
aussi une singulière aventure. Est-ce que cette fleur
m'avait réellement porté malechance ?

« Je chassais le chamois l'an dernier avec quel-
ques-uns de mes amis. J'explorais pour la première
fois l'Engadine et, de Pontresina que j'avais choisi
pour quartier général, je faisais des courses de côté
et d'autre. Un jour donc, nous venions de traverser un glacier et nous gravissions péniblement
une pente assez rude sous les rayons d'un soleil
du mois d'août. Pas un nuage au ciel. A droite et
à gauche, des champs de neige éblouissants. Devant nous, semblant défier nos efforts, le sommet
de la montagne se dressait dans un azur intense.

« Mes yeux s'injectaient de sang et je commen-
çais à souffrir de cette lumière éclatante, lorsque
mon attention se fixa sur un point qui ressemblait

à une tache noire, au pied d'une paroi de rocher.
La neige avait fondu en cet endroit exposé au gros
soleil. Je m'écartai un peu de mes compagnons,
et comme vous savez que j'adore la botanique, je
me dirigeai vers les rochers, bien sûr que dans la
mince couche d'humus dépouillée de neige il avait
dû croître quelqu'une de ces fleurs des hautes
cimes qui naissent, s'épanouissent et meurent dans
l'espace d'une semaine ou deux. Je ne me trom-
pais pas.

« De toute part surgissant de la terre noire et
humide, apparaissaient des touffes de plantes au
feuillage délicat, des saxifrages aux étoiles d'argent et d'or, des soldanelles violettes, des mousses
microscopiques. Puis, au pied même du rocher,
une fleur que je n'avais jamais vue encore : ses
corolles de pourpre étrangement découpées pal-
pitaient au souffle de la brise comme des ailes de
papillon.

« Me précipiter vers la fleur, la cueillir, l'exa-
miner d'un œil curieux, fut pour moi l'affaire d'un
instant. Je m'empressai de coucher ma trouvaille
entre deux feuilles de l'herbier que je porte tou-

jours sur moi, et je me relevai pour rejoindre mes amis.

« Mais à peine étais-je debout qu'un trouble inexplicable s'empara de mon être. Il me sembla que mes pieds ne pouvaient se détacher du sol et qu'un nuage de sang passait devant mes yeux. Puis une douleur atroce m'étreignit le cerveau, je poussai un cri de détresse et je tombai...

« Ensuite je ne me souviens plus de rien, sinon qu'il me sembla entendre à mes côtés un éclat de rire strident.....

« Ce ne fut que quelques jours après que je repris connaissance, et je me retrouvai dans ma chambre de Pontresina... Il paraît que mes guides et mes compagnons de chasse avaient entendu un cri désespéré dans la montagne, qu'ils s'étaient mis à ma recherche et m'avaient trouvé bientôt après évanoui, couché sur la neige... On m'avait rapporté non sans peine à l'hôtel, où le docteur avait déclaré que j'étais victime d'une des plus belles insolations qu'il eût jamais vue.

« Grâce à mon tempérament de fer, je résistai à

la fièvre cérébrale qui s'ensuivit, et je pus enfin faire le tour de ma chambre à pas lents.

— « Vous aviez une singulière manie pendant votre délire, me dit un jour le docteur, une idée fixe vous poursuivait, vous luttiez sans cesse avec un être imaginaire auquel vous vouliez prendre quelque chose..... « La fleur! la fleur! répétiez-vous, je « la veux, cette fleur, elle est à moi! tu ne la « reprendras pas!..... » Et le combat recommençait entre vous et quelque démon insaisissable qui vous chargeait de liens... »

« A mesure que mes forces revenaient, le souvenir revenait aussi; je n'avais qu'un désir, qu'une pensée, revoir cette fleur étrange que je n'avais aperçue qu'un instant. Je cherchai mon herbier dans ma chambre, je l'ouvris d'une main fiévreuse : à la place où j'avais posé l'*Altica rubra*, il n'y avait *rien, absolument rien*, qu'une *trace rougeâtre* comme une petite goutte de sang... La fleur avait disparu. — Il est probable que, pendant que j'étais malade, quelque ami curieux avait ouvert l'herbier et laissé tomber ma précieuse trouvaille. Cependant mon domestique assure

que personne ne l'avait touché depuis mon acci-
dent :

« Voilà le dernier tour que la montagne m'a
joué, ajouta Mac Ney, au moment où nous
atteignions le chalet de Rosegg. A demain ma
revanche, et tu seras vaincue cette fois, grande
révoltée! »

Décidément il était un peu fou, mon ami Herbert Mac Ney.

II

Arrivés dans l'hôtel assez rustique qui se trouve
presque au pied même du glacier, nous prîmes
tous trois un grog fumant. Puis, comme Herbert
et son guide devaient partir avant l'aube, ils
allèrent se jeter pour quelques heures sur leur lit.
Je leur souhaitai bonne course et me retirai aussi
dans ma chambre. Avant de me coucher, je

m'approchai de ma fenêtre et je l'ouvris pour admirer encore cette splendide nuit d'été.

La lune s'était rapprochée de l'horizon et disparaissait derrière la masse énorme des montagnes. On voyait les sommets éclairés de sa pâle lumière, mais la vallée et le glacier étaient plongés dans une demi-obscurité. Le silence n'était interrompu que par le roulement de quelque avalanche lointaine ; à part ce bruit sourd et peu répété, l'oreille ne percevait pas le plus petit son, pas le plus petit bruit. On eût dit que l'air s'était épaissi ou transformé en lourdes draperies. Les sapins dressaient leurs panaches noirs sur le ciel, et il y avait dans cette solitude quelque chose de solennel et d'effrayant.

Ce spectacle ne m'empêcha point de dormir de si bon cœur que je ne me doutai ni du départ d'Herbert et de son guide à quatre heures du matin, ni du lever du soleil, qui fut merveilleux, paraît-il, ce jour-là. Deux demoiselles anglaises, qui déjeunaient à mes côtés en faisaient des descriptions à rendre Delille jaloux.

Après m'être convenablement lesté, je me mis

en route avec mon attirail de peintre, et m'installai au bord du torrent pour tenter une étude de mélèze. Le ciel, si clair la veille, perdait d'heure en heure de sa limpidité et prenait une teinte laiteuse. Vers midi la chaleur devint insupportable, les pics disparurent sous de lourdes masses de nuages, et tout nous fit présager un orage prochain.

Après le repas du milieu du jour, je m'installai de nouveau avec mes pinceaux et ma toile au bord du torrent, mais une vague torpeur m'envahissait, je me sentais incapable de travailler. Je m'étendis sur le gazon, la tête appuyée contre un rocher, et je me laissai bercer par ma rêverie.

La conversation et les théories étranges d'Herbert me revenaient à l'esprit, et je me mis à contempler ces montagnes que Mac Ney traitait en ennemies. Elles semblaient s'être enveloppées d'un vêtement de deuil; des nuées grises montaient le long de leurs flancs comme pour les dérober aux regards des hommes.

Le vent se leva tout à coup, et, dans les branches des vieux sapins, il rendait un son grave et doux pareil à un gémissement. C'était là, sans doute, ce que mon ami appelait *la voix de la forêt*. Et vraiment elle avait l'air de se plaindre et de gémir, tandis que l'ouragan se renforçait, faisant craquer et se tordre les troncs des arbres. Les lichens suspendus aux rameaux secouaient leurs longues barbes blanches d'un air désespéré, et l'on entendait de toutes parts s'élever un murmure confus, terrible et mélodieux à la fois.

Un éclair déchira les nuages, de larges gouttes de pluie commençaient à tomber et je n'eus que le temps de rentrer à l'auberge du Rosegg. Quelques minutes après, la tempête éclatait dans toute sa violence : tonnerre, pluie, grêle, faisaient rage.

Mon inquiétude allait croissant chaque minute. Je me représentai Herbert et ses compagnons perdus dans la tourmente de neige, ne distinguant plus leur route, en proie à des dangers effroyables. Ils avaient dû pourtant s'apercevoir de l'approche de l'orage..., pourquoi n'étaient-ils pas de retour ?

L'obscurité redoublait. A la lueur d'un éclair, j'aperçus le sentier qui mène au glacier, et dans le lointain il me sembla que je voyais deux hommes. Ils marchaient aussi vite que l'ouragan le leur permettait; ils s'approchaient à grands pas et je pus bientôt reconnaître Hans, notre guide de Pontresina, accompagné d'un autre guide ; ils étaient seuls, Herbert ne marchait pas à leurs côtés.

Mon angoisse devint telle que, malgré la pluie et le vent, je me précipitai au-devant des deux guides :

— Mon ami M. Mac Ney! où est mon ami ? leur criai-je.

Alors Hans, se tournant vers la montagne enveloppée de brumes, me la désigna du doigt :

— Il est resté là, dit-il d'une voix sourde...

— Il est resté là et vous êtes ici, interrompis-je, qu'avez-vous donc fait, qu'est-il donc devenu? pourquoi l'avez-vous abandonné?

— Il ne souffre plus de la neige, ni de la tempête, reprit le guide.

— Mort, il est mort! parlez, mais parlez, au nom du ciel!

Nous entrâmes dans l'auberge. Les deux montagnards étaient trempés jusqu'aux os, mais ils ne s'inquiétaient guère de l'état de leurs vêtements ; leur physionomie était empreinte d'une fatigue et d'un effroi indescriptibles.

— Ah! la *rabiosa* nous a porté malheur! pourquoi se moquer des choses sacrées! dit le guide.

Je ne pus m'empêcher de hausser les épaules. La superstition de cet homme me paraissait plus que ridicule :

— Parlez, mais parlez donc, m'écriai-je.

« Voici, monsieur. Nous sommes partis avant l'aube, comme vous le savez, et nous avons commencé à traverser le glacier avec les premiers rayons du soleil. M. Mac Ney était d'une gaieté folle, et cette gaieté nous inquiétait. Il marchait en avant, et quoique je sois bien habitué à la montagne, depuis vingt ans que je la parcours, je vous jure, monsieur, que j'avais de la peine à le suivre. M. Herbert ne connaissait point d'obstacle : il franchissait d'un pas alerte les ponts de neige suspendus au-dessus des crevasses, et c'est miracle qu'il ne se soit pas tué avant d'atteindre le but de notre course.

« Enfin, vers dix heures, nous sommes arrivés au sommet. M. Mac Ney a voulu mettre le premier le pied sur le rocher le plus élevé, et, avec l'allure fière que vous lui connaissez, il semblait contempler la montagne d'un œil de mépris. Alors il a recommencé à nous conter des choses étranges, comme celles qu'il disait hier soir, il gesticulait, montrait le poing aux glaciers et à la pointe de la Bernina : je crois vraiment qu'il avait un peu perdu la tête...

« Hélas ! ce n'était rien encore. « Et maintenant, s'écria-t-il, il faut que je rapporte à mon ami la fleur des glaciers, l'*Altica*, et la fête sera complète ! »

« La descente commença. Deux chemins se présentaient à nous : l'un plus connu et plus facile que suivent en général les touristes, l'autre plus court, mais infiniment plus dangereux. C'est naturellement celui-là que M. Mac Ney voulut prendre. Il consentit cependant à ce que je liasse autour de sa ceinture la corde que voici et qui nous reliait mon compagnon et moi. Il allait en avant malgré tout ce que je pouvais dire.

« Depuis une heure nous descendions dans la neige, lorsque j'entendis M. Mac Ney pousser soudain un grand cri : « Voyez-vous ! voyez-vous là-bas au-dessous de ce rocher, au bord du précipice, cet endroit où la neige a fondu..., il y a quelque chose de rouge, c'est l'*Altica*, l'*Altica* que je cherche. Je la veux, il me la faut. »

Ici le guide s'arrêta pour essuyer les gouttes de sueur qui perlaient sur son front.

« C'est en vain que je m'efforçai d'empêcher M. Mac Ney de donner suite à son projet. Il m'interrompit en éclatant de rire : « Si vous avez peur, laissez-moi, disait-il, je saurai bien aller tout seul chercher la perle de la montagne. » — « A la garde de Dieu, m'écriai-je, puisque vous vous obstinez à faire cette folie, il ne sera point dit que nous vous abandonnerons, et Hans Rickly tâchera de vous sauver de l'abîme. » Il fallut nous tailler des marches dans la glace et nous cramponner aux moindres aspérités pour parvenir jusqu'à la petite plate-forme qu'avait aperçue M. Mac Ney.

« Il avait alors vraiment l'air d'un fou. Je ne pus m'empêcher de frissonner lorsque je le vis cueillir la fleur fatale aux feuilles de pourpre. Il en mit fièrement une à son chapeau : « Et maintenant, dit-il, à Rosegg ! Hans, vous prétendiez n'avoir jamais vu l'*Altica* que dans les mains d'un cadavre, en voilà une dans ma main. » Et il s'élança fiévreux...

— « Prenez garde ! » m'écriai-je. Il n'était plus temps.

« Tandis qu'il parlait, il s'était approché du bord du replat formé au bas du rocher. Dans son égarement, car il était fou, en vérité, oubliant que l'endroit où il se trouvait était large au plus d'un pied, il s'était avancé, et le terrain manquait sous ses pas.....

« Mon compagnon et moi nous résistâmes au choc effroyable qui suivit. Je songeai, car, dans ces moments-là, en une seconde mille pensées vous traversent l'esprit, je songeai que tout n'était pas perdu, que la corde qui nous reliait l'empêcherait de tomber dans l'abîme. Et comme je me relevais, car la violence du coup nous avait jetés dans la neige, je sentis avec horreur que la corde ne tirait plus... Elle avait été tranchée net sur le bord du rocher comme par une lame de couteau !

« Pendant un instant nous restâmes anéantis, Karl et moi, n'osant pas nous approcher du bord, tremblant à l'idée du spectacle qui allait s'offrir à nos yeux. Enfin, nous nous avançâmes vers l'abîme. Sur un tapis de neige situé à trois cents mètres au-dessous de nous, on voyait une masse noire, informe..... *La fleur s'était vengée !* »

.   .   .   .

Deux jours après, l'unique rue de Pontresina était pleine d'une foule silencieuse. Un épais brouillard enveloppait la vallée et l'on entendait de temps en temps la cloche de l'église sonner le glas des morts. Il s'agissait en effet d'un enterrement.

On avait retrouvé le corps du malheureux Mac Ney étendu sur le blanc linceul des hautes cimes. Il ne portait pas trace de blessure et sa figure conservait l'empreinte d'un ineffable sourire. Sá main étreignait encore une fleur desséchée; je mis dans mon herbier cette fameuse

Altica rubra en souvenir de mon pauvre ami
Mac Ney. Hans ne voulait pas me permettre de
la toucher, et je suis bien convaincu qu'il me
croit à l'heure qu'il est un homme sûrement condamné.

Herbert étant orphelin, je n'avais à prévenir
aucun parent de sa fin tragique, et ce fut moi qui
accompagnai son cercueil à sa dernière demeure.
Je m'étais attaché à cet étrange garçon malgré
ou plutôt à cause de ses excentricités, et tandis
que le cortège funèbre s'acheminait vers le cimetière de Pontresina, je songeais à nos causeries
d'autrefois. — Le ciel s'associait à notre tristesse ;
le brouillard était si intense qu'on apercevait à
peine les sapins des bois environnants. Nous
entrâmes enfin dans l'enceinte du cimetière, et
nous nous approchâmes de la fosse entr'ouverte
qui allait recevoir tout ce qui restait d'Herbert
Mac Ney.

En ce moment, il se passa un fait qui frappa
vivement mon imagination, quoiqu'il n'ait rien
d'extraordinaire dans les pays de montagne.
Un souffle de vent balaya soudain le brouillard

comme par enchantement, et à nos yeux se déroula, dans un incomparable panorama, la chaîne étincelante des montagnes.

Devant nous la vallée de Rosegg, avec ses forêts d'un vert sombre, et son glacier aux reflets bleuâtres, puis tout autour de nous les pics altiers des Alpes, émergeant radieux sur l'azur du ciel. Drapés dans leurs manteaux de neige, ils élevaient fièrement leur tête inondée de lumière dans tout l'éclat de leur orgueilleuse beauté. Ils se sentaient forts, ces géants au cœur de granit, et semblaient vouloir nous accabler de leur majesté... Involontairement les dernières paroles d'Herbert me revinrent à la mémoire : « Montagne, je te vaincrai ! »

Il s'était trompé. Cette fois encore, la montagne avait vaincu l'homme.

LOUISE

LOUISE

I

AU-DESSUS de la pharmacie Bolsec et sur la place du Marché, s'ouvraient les fenêtres du salon et de nos chambres à coucher. Le soleil pénétrait gaiement dans la rue élargie et dès le matin faisait briller mille escarboucles dans les bocaux rouges et bleus de notre voisin. Qu'ils me semblaient beaux, ces bocaux, et que de fois ils ont excité mon envie lorsque, petit gamin, je revenais de l'école, le sac

au dos, et les mains illustrées de taches d'encre !
Bolsec, l'apothicaire, ses lunettes sur le nez, trô-
nait gravement derrière le comptoir, et me faisait
l'effet d'un être à la fois terrible et mystérieux
avec ses sourcils en broussailles et sa voix de
stentor. Mais le mystère redoublait lorsqu'on
entrait dans l'allée de la maison et dans la cour
où se trouvait l'escalier.

Sur la cour s'ouvrait la porte du laboratoire ;
l'on apercevait dans la pénombre des choses
étranges et inquiétantes, des alambics et des cor-
nues, des chaudières de cuivre, et des fioles de
toutes les grandeurs et de toutes les formes. Parfois l'on distinguait la silhouette du pharmacien
penchée sur quelque creuset rougi, et ce n'était
jamais sans un sentiment de crainte que je fran-
chissais les dernières marches de l'escalier, devant
la porte du sanctuaire. Heureusement que la
fenêtre de notre cuisine donnait aussi sur la cour,
et que le sourire de Louise illuminait cet endroit
lugubre.

Il fallait avoir bon caractère pour vivre dans la
cuisine de Louise ; le jour y pénétrait à peine,

et l'horizon était borné de toutes parts par les grands murs noirs et humides des maisons attenantes. Point de ciel, pas la plus petite parcelle d'azur découpée par les toits, point de fenêtre en face de celle-là, et partant point de voisin avec qui jaser. Point de verdure, excepté quelques touffes de capillaire et de giroflées dont les graines apportées par le vent ou par les oiseaux avaien germé dans les fissures des murailles, et qui semblaient, frêles et pâles, frissonner au souffle glacé de cette espèce de puits. Au milieu de cette ombre, au fond de cette prison et de cette solitude, jetez une étincelle de gaieté, un chaud et bienfaisant rayon de soleil, et vous aurez l'effet produit par Louise dans la cuisine de mes parents.

Elle était arrivée à quinze ans de son village, encore tout embarrassée de sa robe longue et de ses sabots, et la petite orpheline avait trouvé chez nous une famille et des amis.

Mon père était receveur de l'enregistrement; lors de son mariage, sa position ne lui permettait pas de faire bien grande figure. Louise à elle seule représentait tout le personnel de M. Lastailly, mais elle abattait plus de besogne que dix domestiques dans une grande maison.

La cuisine était comme sa personne, proprette et appétissante, et si d'aventure il avait pu se glisser dans la cour un rayon de soleil gros comme une tête d'épingle, il ne serait sorti qu'après une longue visite, tant il aurait eu de plaisir à se mirer dans l'émail des assiettes, dans les cuivres des casseroles, et à faire étinceler les mille facettes des verres et des carafes. Il aurait caressé aussi les deux ou trois vases de fleurs posés sur la croisée et qui faisaient tous leurs efforts pour croître et s'épanouir, sans y réussir toujours. Je revois, dans mes souvenirs d'enfance, la jeune fille, alerte et légère, courant de-ci de-là, joyeuse, accomplissant sa tâche en chantant.

— Elle est active comme une abeille, disait ma mère ; et elle me la donnait en exemple.

C'était le beau temps alors. Louise avait dix-neuf ans environ, et moi j'en avais quatre. Un jour on me dit qu'il allait m'arriver un compagnon de jeu, un frère, et l'on me présenta peu après un petit être emmailloté dont on ne voyait que le bout du nez. Il criait beaucoup, et je trouvais bien étonnant qu'il ne pût ni causer ni courir avec moi. Mais le moment vint où je le vis regarder et sourire, et je l'aimai de toutes mes forces, avec un certain sentiment de commisération pour sa faiblesse, et de haute admiration pour mes divers talents.

Les bonnes heures que nous passions dans le salon avec ma mère, et ma chère petite poupée vivante, le petit bébé qui s'ébattait dans une corbeille! Que de superbes batailles livrées par mes soldats de plomb, et plus tard quelles cavalcades folles à travers la chambre! Et puis quand les joujoux ne nous amusaient plus, je demandais la permission de monter sur une chaise pour voir la rue, et la joyeuse animation de la foule qui circulait au soleil.

Mais je crois vraiment que nous préférions encore la cuisine, malgré son obscurité. Je ne saurais dire toutes les inventions de Louise pour nous divertir; je ne me souviens que d'une chose, c'est que les heures passaient comme des minutes dans cette chambre froide et désolée. Et c'était vraiment une grande ressource pour ma mère, souvent malade, et fatiguée par le tumulte des enfants. Louise s'occupait de tout, fricotant, balayant, et trouvant moyen en même temps de nous conter des histoires de son pays. Elle nous parlait de la maison de ses parents et de l'étable qui abritait une belle vache blanche et noire, qu'on appelait Brunette. Tous ces détails me sont restés si présents que je crois revoir encore la cour enfumée, et tout près de la fenêtre Louise qui tricote tout en causant.

Notre bonheur était au comble quand on nous confiait à elle le dimanche après midi pour faire une promenade : quelles courses dans les champs, quelles égratignures dans les haies, et quelles gerbes de fleurs rapportées à la maison ! Un jour que nous allions partir pour une de nos excursions favorites, un pas se fit entendre dans l'escalier, on sonna ; Louise ouvrit la porte et devint rose comme une églantine.

— C'est M. Jean, un pays à moi, dit-elle, — et elle fit entrer un beau garçon, de vingt-quatre à vingt-cinq ans ; — il m'apporte des nouvelles de chez nous.

Ce jour-là nous fûmes quatre à la promenade, et je m'amusai beaucoup moins que d'habitude.

II

L'intrus ne tarda pas à se faire pardonner ses visites. Nul ne savait si bien que lui confectionner des flûtes avec des roseaux et des sifflets avec l'écorce des saules ; nul ne se montrait plus adroit pour réparer les jouets endommagés, ou en fabriquer de nouveaux. Jean servait de factotum au père Bolsec, nettoyait la pharmacie et le laboratoire, clouait et déclouait des caisses dans la cour, et son sifflet joyeux se mariait aux chansons de Louise.

Ils étaient bien faits pour s'entendre, ces deux amis de village que le hasard réunissait dans la même maison. Le soir venu, après le travail de la journée, on ne sait comment la jeune fille se trouvait assise vers la fenêtre ouverte, précisément à l'heure où Jean remontait l'escalier pour rentrer dans sa chambre sous les toits. Impossible de passer comme un manant sans dire un mot d'amitié, sans parler des événements de la journée, de la pluie et du beau temps. Et puis l'on ne saurait croire combien l'employé de M. Bolsec était complaisant; il avait toujours mille bons prétextes pour frapper à la porte, tantôt pour apporter le journal que le facteur lui avait remis, tantôt pour lire une lettre qui donnait des nouvelles du village et qui parlait des chers absents. Ou bien encore c'était un frais bouquet de fleurs qui s'épanouissait dans un vase à la fenêtre et venait on ne sait d'où. Tous ces détails, ma mémoire les a évoqués plus tard, mais ils ne m'étonnaient pas au moment même...

Je me rappelle pourtant que lorsque mon frère et moi nous parlions de l'ami Jean à mes parents, la pauvre Louise passait par toutes les couleurs de l'arc-en-ciel. Elle avait refusé net de recevoir

ses visites jusqu'au jour où il déclara solennelle-
ment à ma mère qu'il aimait sa payse de tout son
cœur et qu'il l'avait demandée en mariage. La
jeune fille fit ses conditions : elle voulait bien
se marier, mais dans quelques années seulement, lorsque avec les écus loyalement gagnés
on pourrait monter le ménage. Que leur impor-
tait d'attendre, du reste ? ils étaient au printemps
de la vie, ils avaient l'avenir, l'avenir immense
devant eux. Louise tenait aussi à se familiariser
avec l'idée de quitter ma mère, et ses chers
petits, comme elle nous appelait, mon frère et
moi. La vie reprit donc son train accoutumé,
et sauf les chansons et le joyeux sifflet qui se ré-
pondaient parfois dans la cour, et certaines visites
de Jean le dimanche après-midi, on ne se serait
douté d'aucun changement dans la maison.

Et cependant la cour n'était plus la même. Les
giroflées épanouies dans les fentes du vieux mur
répandaient un plus doux parfum dans les airs.
Il semblait que le soleil eût découvert un chemin
jusqu'alors inconnu pour envoyer quelques-unes
de ses flèches d'or sur les fleurs entr'ouvertes ; je

crois même qu'un papillon égaré vint un beau matin se poser sur leur sein. Et sur ses ailes il apportait comme une bonne odeur de campagne, de bois, d'herbe fraîchement coupée, une bonne odeur de printemps.

Non, certes, la cour n'était plus la même.

. . . .

Comme un oiseau de proie, la mort s'abattit soudain sur notre nid, et emporta notre mère en quelques jours. Elle sentit que l'heure fatale avait sonné, elle nous serra dans ses bras follement, passionnément, puis nous rendit à mon père.

— Louise, dit-elle de sa voix expirante, vous ne délaisserez pas mon mari et ces pauvres orphelins, vous me le promettez.

La jeune fille inclina la tête, incapable de répondre, mais son regard était plus éloquent que toutes les promesses qui sortent d'une bouche humaine.

III

Elle l'a bien tenu, son engagement. Après les premiers moments de chagrin si poignants pour les enfants, plus déchirants même que pour les grandes personnes, — car il y a dans les douleurs d'enfants une intensité de sensation, une profondeur de douleur qui s'émousse ou s'atténue plus tard, — je me retrouve dans la cuisine sombre avec mon frère, jouant auprès de Louise. Mon père, surchargé d'affaires, accablé par son deuil, ne s'occupait que peu de nous.

Ce n'était plus seulement le dimanche, mais le jeudi, que nous faisions des promenades, bien loin, bien loin de la ville et des routes poudreuses, dans les petits sentiers bordés de haies vertes... L'ami Jean nous accompagnait parfois, mais ses visites se faisaient un peu plus rares.

Un jour je l'entendis qui se plaignait de la
tristesse de Louise. Certes, ce n'était plus la jeune
fille si gaie d'autrefois. La vie a le secret de voiler
de nuages les ciels les plus radieux... Elle riait
encore pourtant, mais son rire perlé s'était fait
plus tendre; on y sentait comme le souvenir des
larmes versées. Elle avait en nous parlant des intonations de voix presque maternelles et qui nous
enveloppaient comme une caresse.

A l'ouïe des plaintes de Jean :

— Vous ne pensez plus qu'à ces enfants, et
moi je ne compte pour rien.

Louise sentit son cœur se gonfler. — Je n'entendis pas ce qu'elle répondit, mais le beau par-
leur baissa la tête d'un air confus.

Dès ce moment je n'aimai plus Jean : il avait
fait pleurer Louise.

Du reste, il s'occupait moins de nous, il venait
le soir quelquefois en passant, mais sa visite était
courte et son attitude embarrassée. Pourquoi donc
son arrivée devenait-elle un signal de gêne et
d'ennui, et cependant lorsque la soirée s'écoulait
sans qu'il apparût, pourquoi la figure de ma

bonne s'attristait-elle, sous l'influence d'un chagrin secret ? C'étaient là de bien gros problèmes pour une intelligence d'enfant.

Un matin, de grands éclats de voix retentirent dans la cour; le père Bolsec, debout sur le seuil du laboratoire, tançait vertement son domestique, il l'accusait de vagabondage, d'inexactitude, et le menaçait de le renvoyer dans son village. Une réponse insolente de Jean s'ensuivit et la porte de la pharmacie se ferma. Je me trouvais à la fenêtre en ce moment et je fus seul témoin de cette scène.... Deux jours après, grande fut ma surprise en voyant dans la cour un inconnu qui faisait la besogne de Jean, clouait et déclouait les caisses, et balayait l'escalier. Depuis lors, l'ami et le fiancé de Louise ne reparut plus chez nous! la cuisine ne retentit plus de chansons ni la cour de sifflets joyeux, mais la gardienne des deux orphelins leur resta fidèle dans son complet et absolu dévouement.

Une seule fois, quelques mois après le départ de Jean, nous le rencontrâmes un dimanche soir au retour d'une promenade.

Je vois encore cette route pleine de poussière que dorait le soleil couchant; c'était un tumulte de voix, une cohue indescriptible; des voitures, des chevaux se croisaient en tous sens, on entendait des rires et des chants dans les tonnelles de verdure des cabarets du faubourg. Une bande d'hommes avinés et de femmes en toilettes criardes passa à nos côtés en nous éclaboussant de sa gaieté grossière et bruyante. Au milieu d'eux je crus reconnaître Jean, mais ce n'était plus le Jean d'autrefois, cet homme à la démarche chancelante, à l'air effronté. Cependant je serrai plus fort la main de Louise et je la sentis tressaillir.

— N'est-ce pas Jean ? lui demandai-je presque à voix basse, car cet homme me faisait peur.

— Tu as cru le reconnaître, comme moi, dit-elle d'un ton brusque... Serait-il possible..., si peu de temps...

Elle n'acheva pas sa phrase, mais s'élança en avant et rejoignit la bande des promeneurs qui nous avait devancés. Elle voulait voir, s'assurer.

Cet homme qui chantait une chanson à boire,

s'arrêta un instant en apercevant Louise, puis, d'un air de bravade, il saisit le bras d'une jeune fille qui marchait à ses côtés, et reprit le refrain de sa chanson.

C'est ainsi qu'il passa auprès de nous, sans baisser les yeux, mais regardant sa compagne avec la tendresse repoussante d'un ivrogne.

Louise resta clouée au sol, immobile et muette, tandis que les couples passaient. Puis s'adressant à moi :

— Tu vois bien que ce n'est pas lui, dit-elle d'une voix sourde, il ne nous a pas reconnus... Viens, rentrons.

Mais elle ne joignit pas l'action à la parole, et pendant un instant encore elle sembla suivre la vision disparue dans la brume d'or du crépuscule.

Et depuis elle n'a plus prononcé le nom de Jean.

IV

Ces souvenirs d'enfance ont souvent hanté ma mémoire. Il y a bien longtemps, bien longtemps que la pharmacie Bolsec n'existe plus, et que les bocaux de la devanture ont été remplacés par l'élégant étalage d'une marchande de modes. Mon père, au décès d'un cousin éloigné, est entré en possession d'une belle fortune, et nous avons quitté la maison de la rue du Marché, pour un logis plus ensoleillé. Louise nous a suivis ; elle a été pour mon frère et moi une véritable mère, attentive, éclairée, bienveillante ; mais, quoiqu'elle fasse partie de la famille, elle n'a jamais voulu abondonner sa place de cuisinière.

Après la mort de mon père et lorsque je me

suis marié, elle a suivi ma jeune femme dans notre nouvelle demeure et nous a servis pendant vingt ans encore avec le même dévouement. Mais comme elle n'avait épargné ni ses veilles, ni sa peine, elle s'est usée, ses cheveux ont blanchi, son dos s'est courbé. Elle a conservé pourtant, malgré ses soixante ans, son sourire caressant et ses beaux yeux limpides.

Lorsque, l'an passé, enfin je vis qu'elle ne pouvait plus continuer son service, je l'ai priée de rester auprès de nous comme une vieille amie.

— Non, monsieur, répondit-elle, ce n'est pas la place de la pauvre Louise de vous importuner ainsi. Je vois bien que je ne puis être plus bonne à rien, et que mes yeux s'obscurcissent. Mais, — ici sa voix trembla, — peut-être que Monsieur me permettra de louer une chambre à ma guise... pas trop loin d'ici, pour y finir ma vie en paix.

Deux jours après, son choix était fait, et j'ai été voir Louise dans sa nouvelle demeure.

Quelle émotion m'a serré la gorge lorsqu'elle m'a conduit devant la maison de la rue du Mar-

ché et que je suis entré sur ses pas dans la cuisine
d'autrefois. La cour n'a pas changé : elle est toujours humide et glacée... Aussi j'ai objecté à
Louise qu'elle allait prendre des rhumatismes,
qu'il lui fallait au moins choisir une chambre sur
la rue, au soleil... Rien ne put la faire changer
d'idée.

Je vais souvent la voir, et j'envoie mes enfants
chez elle ; elle les adore et les amuse comme elle
m'a amusé jadis. Ses yeux se sont affaiblis ces
derniers temps, mais son visage respire le calme
et la sérénité.

Elle est assise auprès de la fenêtre ouverte
quand même les soirées commencent à devenir
froides..., les giroflées du mur se sont flétries, et
le vent d'automne fait frisonner leurs tiges sèches,
mais elle ne peut plus les voir.

Elle sait seulement que c'est dans cette chambre,
sur cette cour, que s'est passé son humble roman
de jeune fille. C'est là qu'elle a aimé, qu'elle
a été heureuse..., bien heureuse, et lorsqu'un
pas résonne dans l'escalier, ou qu'à la tombée
de la nuit on sonne, elle tressaille, laisse tomber

son tricot sur ses genoux, et, oubliant ses soixante ans, elle croit que Jean, son bien aimé Jean, va entrer dans la cuisine, les regards pleins d'amour, les mains pleines de fleurs des champs.

SAINT-FERRÉOL

SAINT-FERRÉOL

Nous étions partis de bonne heure de Cannes, favorisés par un léger vent d'est qui ridait à peine la surface de l'eau, mais suffisait à gonfler notre voile : la chaloupe rasait la mer comme un oiseau. Peu à peu le rivage sembla nous fuir, les maisons de la ville se firent plus petites, tandis qu'apparaissait au-dessus des collines plantées d'oliviers la chaîne éblouissante dès Alpes.

C'était une de ces matinées enchanteresses où tout semble s'épanouir sous le ciel bleu du

Midi. Les flots pailletés d'or dansaient aux rayons du soleil, et dans l'onde claire comme du cristal on voyait se dérouler la chevelure tremblante des algues.

Bientôt nous dépassions Sainte-Marguerite avec son fort légendaire planté sur le roc et ses merveilleuses forêts. Après avoir fait le tour des brisants que la mer frangeait d'écume, nous entrâmes dans le chenal qui sépare les îles Lérins. Alors la brise tomba, la voile pendit inerte contre le mât. L'atmosphère tiède était chargée de l'arome des myrtes et de la résine des bois de pins. Quelques coups de rames nous amenèrent dans une crique et nous débarquâmes à Saint-Honorat.

Les îles Lérins sont célèbres, et dès les premiers âges du christianisme les poètes et les évêques ont chanté leur incomparable beauté. Mais il faut avoir savouré le charme de ces sentiers serpentant sous les pins centenaires, entre des haies de bruyères et de romarins fleuris. A chaque instant le paysage change d'aspect: tantôt l'œil embrasse dans un magique panorama la chaîne de l'Estérel, le port de Cannes, le golfe Juan et

Antibes: tantôt il se repose sur une anse creusée dans le roc où dort une eau tranquille, tandis que la mer étend jusqu'à l'horizon sa nappe de saphir.

Nous marchions lentement, nous abandonnant à notre rêverie; je me séparai de mes compagnons pour explorer la plage, et y chercher les coquillages et les coraux que la vague y jette en abondance. Je cheminai quelque temps sur la grève, et sans m'en douter j'atteignis l'extémité orientale de Saint-Honorat. Mes regards s'arrêtèrent sur un petit îlot placé à quinze ou vingt mètres de moi. Cet îlot me frappa par son aspect singulier. Ce n'était à proprement parler qu'un récif, à peine recouvert d'une herbe jaunie et de maigres buissons de lentisques. Entouré de tous côtés par des rochers aux formes bizarres, profondément striés par les vagues, il offrait un contraste mélancolique avec les îles Lérins où pousse une si luxuriante végétation.

Je ne sais pourquoi je ne pouvais détacher mes yeux de ce petit coin de terre. Il m'apparaissait comme frappé de malédiction et condamné, au

6

milieu de cette nature en fête, à une éternelle
stérilité.

Longtemps je restai immobile, demandant son
secret à l'écueil. Un bruit de pas me fit tressaillir:
un touriste se promenait non loin de moi sur la
grève. C'était un Anglais qui accomplissait reli-
gieusement la promenade prescrite par le Guide
qu'il tenait à la main.

— Pardonnez-moi, monsieur, lui dis-je, pour-
riez-vous peut-être m'indiquer le nom de cet îlot?

— Au nord de Saint-Honorat, répliqua-t-il en
traduisant son *Murray*, on remarque une petite
île; en quelques pas on en ferait le tour, mais les
visiteurs y sont rares, et sauf les enfants de pêcheurs qui s'amusent parfois à y descendre, personne ne vient fouler l'herbe flétrie qui recouvre
ce rocher. La légende veut qu'aux premiers siècles
de l'Église un saint s'y soit réfugié pour échapper
aux Sarrasins; mais il fut découvert et massacré.
Dès lors, nulle fleur ne s'est épanouie sur le récif
de Saint-Ferréol.

Ayant achevé sa lecture, l'Anglais reprit sa
marche sans attendre mes remerciements. Mais

je ne songeais guère à lui. Ce nom de Saint-Ferréol réveillait dans mon esprit d'étranges souvenirs. Mon père avait coutume de nous conter ses voyages, et je me rappelais maintenant le dramatique pèlerinage qu'il avait fait à Saint-Ferréol. Peu à peu dans ma mémoire sont revenus les principaux traits de cette aventure. Voici le récit de mon père.

I

J'ai toujours adoré la musique. Je me vois encore tout petit garçon sur les genoux de ma mère. La nuit tombait, et nous étions assis près de la fenêtre ouverte écoutant le tintement de l'angélus. La cloche s'arrêta bientôt; les vibrations sonores allaient s'affaiblissant dans la paix du crépuscule. Et tout à coup, d'un arbre voisin, s'éleva une musique qui n'avait jamais frappé mon oreille: c'était la chanson d'un rossignol. Je poussai un cri de joie et d'admiration, tandis que l'oiseau filait ses trilles perlés, ou jetait à l'écho ses notes graves et sonores.

Telle fut ma première initiation musicale. Dès que je devins un être tant soit peu raisonnable, on me donna des leçons de solfège, et l'on m'admit au salon à la réunion du dimanche. C'était pour moi une solennité à laquelle je rêvais toute la semaine. Ce soir-là en effet notre cher curé venait dîner à la maison. Une fois le café pris, l'oncle Anselme me faisait un signe: j'allais quérir dans sa chambre son précieux violon, le curé campait devant lui son violoncelle, ma mère s'asseyait au piano. Quelques instants après nous étions lancés en plein oratorio. Mon père dormait derrière son journal, et moi j'écoutais de toutes mes oreilles, de toute mon âme.

C'est en entendant l'oncle Anselme que je sentis naître ma vocation pour le violon.

Mon père, qui était un homme pratique, me permit de me livrer à mon occupation favorite, mais à la condition que cela n'entraverait en aucune manière mes études de droit. « Il faut être sérieux, que diable! ce n'est pas avec les quatre cordes d'un violon qu'on peut se tirer d'affaire dans ce bas monde! » Je me conformai aux désirs paternels, et menai parallèlement l'étude de la musique et celle des Pandectes.

Je finis mon droit à Paris. Je dois avouer que mon argent de poche, à cette époque, disparut avec une rapidité inquiétante: mais aussi quelle fête que ma première soirée à l'Opéra! Je rentrai chez moi dans un état de surexcitation qui touchait à la folie.

Quelque temps après, mon oncle Anselme, l'amateur de violon, frappait à ma porte. Il faisait un séjour de quelques semaines à Paris et venait souvent me rendre visite. Ce brave oncle Anselme! il me semble entendre encore sa voix à la fois brusque et cordiale :

— Eh bien! mon garçon, dit-il en s'étalant dans mon unique fauteuil, nous travaillons courageusement. J'aime à voir cette jeunesse studieuse. Tu ne rêves plus violon maintenant: tu es tout à Justinien et à Cujas...

— Oh! mon oncle! interrompis-je avec une véritable indignation.

— Comment? tu rêves encore musique. S'il en est ainsi, passe ton plus bel habit, je t'emmène dîner au cabaret, et puis, après, nous verrons comment employer notre soirée.

Mes préparatifs ne furent pas longs. Mon oncle me conduisit dans un restaurant du boulevard et, tandis qu'il commandait le repas, il me tendit un journal. Un instant après j'avais totalement oublié que je me trouvais dans un établissement public, au milieu d'un cercle nombreux.

— Oncle, oncle Anselme, m'écriai-je, lisez, lisez! Il n'est bruit que de Paganini. Il est arrivé ici, il a donné un concert à l'Opéra et il joue ce soir de nouveau. Dire qu'il est à Paris, à quelques pas de nous, l'artiste sublime, incomparable!

Le journal contenait un article dithyrambique.

— Eh bien! mon garçon (c'était la formule favorite de mon oncle), pourquoi t'agiter ainsi? tu as le teint d'un homard qu'on vient de jeter dans l'eau bouillante. Si Paganini est ici, je ne vois pas pourquoi nous n'irions pas l'entendre; je crois même que j'ai poussé l'imprudence jusqu'à prendre des billets sans savoir si cela te conviendrait...

Cher brave homme! je dus me retenir pour ne pas lui sauter au cou devant cinquante personnes.

Le dîner savamment élaboré par les soins de mon oncle aurait pu se transformer en brouet noir des Spartiates que je ne m'en serais pas douté, et je n'ai pas la plus petite idée de la manière dont nous nous trouvâmes transportés dans la salle du concert. Mais quand le maître apparut, quand il frôla les cordes de son violon avec son archet magique, il me sembla que la terre n'existait plus pour moi.

Je n'étais pas le seul du reste à me trouver dans cet état de délire. Il faut parcourir les journaux de l'époque pour se rendre compte de l'impression produite par ce musicien extraordinaire.

Si jamais homme à su exciter l'admiration, et l'admiration poussée à son paroxysme, c'est Paganini. Sa vie était mystérieuse; au lendemain d'un triomphe il disparaissait quelquefois pendant des mois entiers, et nul ne connaissait le lieu de sa retraite. On savait qu'il avait aimé le jeu passionnément; on lui prêtait des aventures scandaleuses, inouïes, on l'accusait même d'avoir commis des crimes. On parlait à voix basse de ses relations avec le monde des ténèbres, on le disait vendu au diable.

Il y avait, certes, quelque chose de surnaturel et d'effrayant dans l'empire que cet homme exerçait sur ses auditeurs : charme ensorceleur et satanique à la fois.

Son physique même impressionnait. A la lumière des lustres, sa face livide et décharnée semblait plus pâle encore, sous sa crinière de cheveux noirs. Ses joues étaient sillonnées de rides et sa bouche s'ouvrait sarcastique, tandis qu'il ébauchait un sourire. Dussé-je vivre mille ans, je n'oublierais pas un détail de cette soirée !

Mais cette musique unique au monde, comment la peindre à ceux qui ne l'ont pas entendue ? Le violon de Paganini, c'était un orchestre tout entier, avec les voix humaines en plus. Dans sa *Prière de Moïse*, il fut sublime d'ampleur et de foi : la harpe d'or des anges peut-elle égaler de semblables harmonies ? Mais quand il joua son morceau des *Stryges*, ce morceau qui venait de remuer l'Europe tout entière, la salle se leva, frémissante, éperdue d'admiration et d'effroi*...

Dans ce ballet macabre, on entendait distinctement la voix cassée et tremblotante des sorcières. C'était une danse diabolique où éclataient des rires stridents, malédictions de l'enfer. Et, au-dessus du violon possédé, au fond de leurs orbites, brillaient comme deux escarbouches les yeux de Paganini. Des femmes prirent mal. A Vienne, un halluciné prétendait avoir vu le diable lui-même, debout à côté du violoniste, et dirigeant son archet.

Le lendemain du concert, — à vingt ans, on ne doute de rien, — je me présentai chez le maître. Sa bizarrerie me servit en cette occasion. Lui qui avait horreur des visites et qui détestait parler musique, fut sensible sans doute à ma naïve admi-

* Ces détails, d'une scrupuleuse exactitude, sont tirés des biographies françaises et italiennes de Paganini.

ration. Il m'accueillit presque avec un sourire, m'écouta et me fit faire la connaissance de son fils Achillino, qui était un peu plus jeune que moi. Il me permit enfin de revenir, et, par un de ces mystères de la destinée qui se plaît aux jeux extraordinaires, je me liai intimement avec Paganini. C'est au point qu'il me forçait parfois à jouer du violon, tandis qu'il m'accompagnait avec une guitare.

Malheureusement, le grand artiste était appelé par sa vocation même à de perpétuels déplacements. Il partait tantôt pour l'Angleterre, tantôt pour l'Allemagne et l'Italie. Mais nous ne nous perdîmes jamais de vue, et Achillino m'écrivait souvent au nom de son père et au sien propre des lettres encore un peu enfantines et d'une grâce délicieuse.

Je ne me doutais guère, lors de notre premier entretien, à quels dramatiques événements je serais mêlé par le fait de ma liaison avec Paganini.

II

Malgré ces distractions musicales, je sortais en temps voulu de l'École de droit avec ma licence. Il me fallut quitter ma chambre du quartier latin et regagner la ville de province où mes parents m'attendaient impatiemment. Je les trouvai vieillis, et mon cœur se serra à la pensée de mon ingratitude. Dans le tourbillon de la capitale, j'avais vécu avec l'égoïsme de la jeunesse; je m'étais enivré de musique, et mes lettres s'étaient faites trop rares.

Mon retour ramena le soleil dans la maison, et je me mis avec ardeur au travail pour répondre aux vœux de mon père. Le soir venu, je me donnais tout entier à mon violon, et je remplaçais dans le trio le cher oncle Anselme dont la main tremblante se refusait à tenir l'archet.

C'est ainsi que les années s'écoulaient douces et monotones, uniquement interrompues par quelques voyages à Paris pour aller faire ce que j'appelais « ma cure de musique. » Plusieurs fois j'entendis encore Paganini, et il consentit même à venir passer quelques jours dans notre maison de campagne.

Je dois avouer que sa présence effaroucha quelque peu nos braves gens de province. La pâleur maladive de l'artiste avait augmenté et rendait son apparence encore plus extraordinaire que de coutume. Puis la phtisie le minait, on n'entendait presque pas sa voix, ou elle s'échappait en sons rauques et discordante.

Chez nous, comme partout ailleurs, s'étaient répandus les bruits étranges qui couraient sur Paganini. Mes parents même, si bons pour moi, ne me cachèrent pas au premier abord leur instinctive répulsion, mais, lorsqu'ils eurent entendu le violon du maître, ils n'échappèrent point à sa puissance d'attraction. L'oncle Anselme s'était toujours déclaré un disciple enthousiaste; seul, notre curé refusa de voir l'artiste, mais je le surpris certain soir, caché dans l'obscurité du jardin, écoutant de toutes ses oreilles, et les yeux remplis de grosses larmes.

On a beaucoup parlé de la prestigieuse virtuosité de Paganini, et les morceaux qu'il a composés sont hérissés de difficultés presque insurmontables ; mais, dans l'intimité, le grand artiste se montrait sous un tout autre aspect. Il se plaisait dans des compositions simples, empreintes du sentiment le plus exquis. Nul ne sut rendre comme lui les mélancolies de l'âme humaine ou les mille voix de la nature. Je serais resté des heures à l'écouter lorsqu'il jouait ainsi pour lui-même... et le charme indicible de cet homme me pénétrait jusqu'à la moelle.

Un soir j'entrai dans sa chambre et je le trouvai étendu sur son lit, en proie à un de ces accès de misanthropie et de tristesse auxquels il était sujet. Je réussis à le dérider quelque peu. Il se leva, prit son violon et, debout vers la fenêtre, se mit à jouer.

Dans la campagne, tout bruit s'était tu. Les fleurs ouvraient leurs corolles où les sphinx venaient puiser, voleurs silencieux. Sous l'archet du musicien, le violon vibra : ce fut une cascade de perles étincelantes.

Et Paganini, de sa voix sourde, parlait en jouant : « Écoutez, c'est la mer comme je la voyais, en Italie, quand j'étais enfant. Les vagues bleues clapotent, joyeuses, sur les galets, ou se brisent, étincelantes, contre les rochers. Au large, le flot scintille ; sur la plage, les enfants des pêcheurs courent pieds nus dans le sable, tandis que, là-haut la cloche de l'église carillonne... Tout est gaieté, lumière, chansons. Rêve de jeunesse et de printemps, bientôt obscurci par les orages de la vie. Oh ! la vie ! la vie !... »

La fusée de notes s'évanouit, et du violon sortit comme un gémissement. Puis la plainte grandit, désespérée, poignante. Et à cette plainte se mêlait un bruit sourd, comme celui d'un lointain ouragan. Le bruit s'accentuait : et voici, c'était la tempête dans toute sa rage, étouffant les cris d'angoisse, la tempête cruelle, inexorable... La musique devint si éloquente, si précise, que devant mes yeux passa comme une vision.

Je distinguai nettement un îlot perdu dans l'immensité de l'océan et battu par les vagues. Ces vagues roulaient, déferlaient, s'effondraient en écume, pour être bientôt remplacées par d'autres plus terribles, plus menaçantes encore... Sous le ciel bas, couleur de plomb, des oiseaux planaient, les ailes étendues...C'était un spectacle d'une magique et vivante horreur...

—Telle est la vie! murmurait le maître, et son archet s'arrêta dans un suprême cri d'angoisse... J'étais haletant, secoué, comme si je venais d'assister à un véritable drame.

Bientôt pourtant le souvenir de cette scène s'effaça de mon esprit, le musicien nous berça de ses plus douces mélodies, il nous étourdit par son jeu éblouissant, mais jamais plus ne retentit à mon oreille cette évocation de la tempête. Elle devait plus tard se graver dans ma mémoire en traits ineffaçables.

En attendant, mon père voyait ses vœux exaucés. J'étais considéré comme un avocat d'avenir, et un procès criminel où j'obtins pour mon client les circonstances atténuantes, quoiqu'il eût tué père et mère, mit le sceau à ma réputation. Il ne me manquait plus qu'une chose pour réaliser aux yeux des miens l'idéal de la perfection, c'était d'être marié. Ma dernière plaidoirie me faisait une auréole, et me désignait à l'attention des jeunes personnes en quête d'époux.

Cette position d'homme prédestiné me rendait la vie odieuse : le plus innocent dîner d'amis se transformait pour moi en guet-apens matrimonial. Je tâchais de louvoyer entre les écueils, lorsque je fus terrassé par une fièvre typhoïde qui me mit pendant près de deux mois en danger de mort. La convalescence fut longue. Je me traînais misérablement d'une chaise à un fauteuil ; l'appétit ne revenait guère. Il suffit d'une lettre d'Achillino Paganini pour me redonner de l'entrain et du ressort.

J'ai toujours supposé que mes parents l'avaient informé du triste état dans lequel je me trouvais, mais en tout cas ils gardèrent bien leur secret. Achillino m'écrivait que son père avait été souffrant et que les médecins l'avaient envoyé à Marseille. Il s'y trouvait mieux. Après un séjour d'un mois dans cette ville, il se proposait de regagner, à petites étapes, l'Italie, son pays natal. Il m'invitait à aller les rejoindre et à faire connaissance avec la Méditerranée. Paganini avait écrit lui-même en post-scriptum :

« Vous venez avec nous, c'est entendu. Peut-être me rendrez-vous le goût de la musique. »

La perspective d'un voyage en pareille compagnie me rendit des forces comme par enchantement. Quinze jours après, j'arrivai à Marseille, heureux de me sentir rendu à la santé, heureux de retrouver mes amis. Si j'avais su quelles émotions m'attendaient! Mais Dieu a sagement fait en nous celant notre destinée: l'appréhension des souffrances à venir empoisonnerait toutes nos joies.

Je trouvai Paganini affaissé, triste; sa figure ravagée était effrayante à contempler. La phtisie qui lui étreignait la gorge avait étouffé à jamais le son de sa voix. Son violon sommeillait dans sa boîte; il ne jouait presque plus. Il n'avait qu'une

idée, revoir sa chère Italie. Aussi le départ ne se
fit pas attendre. Nous voyagions à petites journées, et au pas, car le moindre cahot de la voiture
causait au malade des souffrances intolérables. Si
l'endroit de l'étape nous plaisait, nous y restions
deux ou trois jours.

C'est alors que je vis Toulon, et Fréjus, et
Cannes, et Antibes, cette côte merveilleuse où les
rochers eux-mêmes semblent hâlés par le soleil.
C'est alors aussi que nous passâmes des moments
inoubliables.

Sous ce beau ciel, l'artiste semblait renaître :
il s'étendait sur la plage, aspirant l'atmosphère
imprégnée de sel. Il rentrait au logis, le cœur
content, le corps plus droit, et après le repas
du soir, il nous régalait parfois d'un concert.
Il nous fallut dix jours de voyage pour atteindre
Nice.

On peut voir encore dans une rue de la vieille
ville l'auberge où nous descendîmes. C'était une
de ces pittoresques ostérias que l'hôtel moderne
a tuées. Elles manquaient de confort, il est vrai,
mais que de poésie dans ces treilles verdissantes

qui formaient un auvent à la porte d'entrée, et que de couleur locale dans cette cuisine où flottait un vague parfum d'huile d'olive!

Le mois de mai touchait à sa fin. La chaleur devenait intolérable, et notre malade, qui avait de la peine à respirer, demanda que l'on soupât dehors sous les orangers. A nos pieds la mer disait sa cantilène comme une berceuse, et Paganini, heureux de se retrouver en pays de langue italienne, se versait de pleines rasades de vin.

Dans la ville le bruit s'était répandu de l'arrivée du maître, et le jardin ne tarda pas à se remplir de curieux. En temps ordinaire, Paganini serait rentré dans sa chambre en pestant contre les importuns. Mais ce soir-là il avait l'âme joyeuse; le repas fini, il salua gracieusement la foule, demanda son violon, et joua, on peut le dire, avec une puissance surhumaine. Jamais ses doigts n'avaient couru, volé, plus agiles sur les cordes, jamais il ne sut les faire vibrer plus gaiement ou plus tendrement.

Les applaudissements éclatèrent enthousiastes.

Le génie de l'improvisateur semblait avoir
atteint son apogée. Les idées s'échappaient impé-
tueusement de son cerveau et se transformaient
en un torrent de mélodies. Ce fut un triomphe...
Pendant plus d'une heure le maître joua sans
relâche. Il fallut les amicales représentations
d'Achillino pour arrêter l'archet endiablé...

Soudain l'enthousiasme du musicien tomba,
son regard sembla s'éteindre, et il perdit presque
connaissance. A grand'peine il regagna sa chambre
et son lit. Quand il fut couché, il ferma les yeux,
et nous constatâmes avec effroi que sa figure
changeait : elle prenait peu à peu l'impassibilité
et la rigidité du marbre. Les rides s'effaçaient sur
le visage de l'artiste qui revêtait une singulière
beauté. L'assoupissement se prolongeait, ou plutôt c'était un sommeil intense, qui dura plus d'une
journée. Le médecin mandé en hâte déclara que
le malade ne sortirait de ce coma que pour entrer
dans la mort. Il se trompait.

Vers deux heures du matin, Paganini ouvrit les
yeux. Nous nous élançâmes auprès de lui, et il
murmura quelques paroles, mais d'une voix si

faible que nous l'entendions à peine. Il désirait qu'on ouvrît la fenêtre : elle fut ouverte à deux battants.

La lune brillait dans un ciel sans nuage : le silence n'était troublé que par le roulement lointain de la mer, et par le murmure de la brise dans les branches d'arbres. Ce frémissement subtil frappa l'oreille du mourant; il fit un mouvement pour essayer de prendre son violon. Nous nous empressâmes de poser sur le lit le fameux Guarnerius, et le maître le saisit.

Très lentement il posa l'archet sur les cordes, et de l'âme du violon sortit comme un soupir mélodieux, ineffable, qui se prolongea dans les airs. Et avant que la vibration fût éteinte, Paganini retombait sur son oreiller, mort!

III

Jamais je n'ai éprouvé d'une manière aussi poignante les vicissitudes de l'existence humaine. A notre arrivée à Nice, on nous regardait avec intérêt, avec curiosité, on recherchait la société du grand musicien, la foule se pressait sur ses pas. Une nuit s'écoule, la mort frappe le maître, et son cadavre devient pour cette même foule un objet de répulsion et d'effroi.

Du vivant de l'artiste, il lui suffisait d'un accord pour dissiper toutes les préventions, pour détruire toutes les calomnies, pour faire de ces gens hostiles ou indifférents des amis ou des admirateurs. Mais le grand magicien n'était plus. Et aussitôt les racontars de recommencer, les légendes les plus absurdes de courir de bouche en bouche... Paganini, mais c'était le diable en personne; et la population menaçante et superstitieuse se pressait devant l'ostéria.

Le clergé, ému de ces démonstrations, refusa catégoriquement d'inhumer l'artiste*. Le propriétaire de l'hôtel ne voulait plus nous garder sous son toit : il nous fallut coucher le corps dans un cercueil et songer à nous éloigner à la hâte. Achillino, accablé de douleur, ne s'irritait même pas de ce déchaînement de passions mauvaises. Il me chargea de louer une embarcation pour emmener à Gênes les restes du pauvre Paganini : il voulait que son père dormît sur le sol natal son suprême sommeil.

Le marché fut long à conclure; les marins ne se souciaient guère de ce voyage avec le cadavre d'un damné. Enfin la vue de quelques pièces d'or triompha des hésitations d'un vieux loup de mer et de son fils. Il fut décidé que nous partirions le lendemain dès l'aube.

A peine une lueur grise succédait-elle aux ténè-

---

* Ceci peut paraître invraisemblable, et c'est pourtant l'exacte vérité. L'évêque de Nice, par un mandement spécial, interdit l'inhumation de Paganini. Voir *Larousse, Dictionnaire universel.*

bres que notre hôtelier nous donna le signal du départ. Quel contraste avec notre arrivée, deux jours auparavant!

Dans les rues silencieuses, où nous trébuchions à chaque pas, faute d'une clarté suffisante, nous suivions, Achillino et moi, le cercueil couvert d'un drap noir. Les porteurs, pressés de s'acquitter de leur funèbre besogne, marchaient d'un pas accéléré. Et nous avions vraiment l'air de fuir, comme des voleurs qui redoutent la lumière du soleil.

Nous arrivâmes sur le quai, où la chaloupe nous attendait. Quelques coups d'aviron nous amenèrent au delà du môle, la brise gonfla la voile, et bientôt nous nous sentions emportés vers l'orient. La douleur d'Achillino faisait mal à voir. Que pouvais-je dire à mon pauvre ami? Je me contentai de prendre sa main dans la mienne et de la presser tendrement.

En ce moment le soleil se levait. Le spectacle était d'une telle magnificence que je ne pus m'empêcher de tourner mes regards vers la côte.

Les maisons de Nice brillaient comme des

cailloux blancs jetés dans le feuillage des orangers. La vie s'éveillait de toutes parts. On eût dit
que la mer elle-même, la mer bleu pâle, secouait
l'engourdissement de la nuit. Sous la rosée matinale les arbres semblaient s'être vêtus de neuf, la
nature apparaissait reposée, rajeunie, resplendis-
sante.

Et tandis que les flots de la Méditerranée pou-
draient de leur blanche écume les galets de la
plage, je songeais à Paganini cherchant à rendre
sur son violon les scènes de sa jeunesse au bord
de la mer en fête. Un frisson me saisit. Mon bras
reposait sur le Guarnerius du maître... Et dire
qu'il ne devait plus vibrer sous sa main! Il me
semblait impossible que ces merveilleuses mélodies fussent perdues pour jamais.

Je ne me rappelle plus combien de temps dura
notre voyage. Je ne sais qu'une chose, c'est qu'il
nous parut éternel. Heureusement Achillino avait
repris possession de lui-même. Il songeait à l'accueil glorieux que Gênes allait faire à son père;
il savourait déjà les témoignages de respect et
d'affection qui ne manqueraient pas de lui ré-

chauffer le cœur. Cette pensée le calma, et il s'assoupit pendant quelques heures.

Là-bas, à l'horizon, les marins désignaient une tache blanche sur la côte. C'était la ville rêvée, avec ses palais de marbre et ses jardins de camélias. La foule, sans doute, avait appris la mort du maître et venait saluer sa dépouille.

A peine étions-nous entrés dans le port, que le bruit, en effet, se répandit de notre arrivée : les gens du peuple étaient attroupés, mais leur attitude ne présageait rien de bon. En passant devant la chaloupe, femmes et matelots se signaient avec effroi. La journée s'écoula en démarches vaines; ni les supplications, ni les menaces d'Achillino n'obtinrent rien.

Comme à Nice, l'Eglise refusait de recevoir les restes du violoniste; la municipalité de Gênes le renvoyait impitoyablement de son territoire.

Et c'est ainsi que vers le soir, le cœur doublement brisé, abîmés de fatigue et d'émotions, nous prenions le chemin de la France, espérant que ce pays hospitalier accorderait quelques pieds de terre à celui que reniait sa patrie.

Il faudrait avoir la plume d'un poète pour décrire ce voyage, ce funèbre tête-à-tête avec un cercueil. Parfois, au milieu de ces journées brûlantes, la brise tombait; sur la mer unie comme un miroir d'acier, pas un souffle d'air. Il fallait avancer à force de rames, et relayer nos deux matelots dans leur pénible travail. La sueur ruisselait sur nos fronts, tandis que la nuit, et à l'aurore surtout, la température se faisait glaciale.

Ballottés par le vent et par la vague, nous atteignîmes enfin la riante petite ville de Cannes. Une secrète espérance nous attirait sur ses bords. Hélas! nous y devions recevoir le même accueil qu'à Gênes. Des ordres formels avaient été donnés; notre prière fut repoussée impitoyablement...

Quand nous nous retrouvâmes sur notre bateau, exilés de la société humaine comme des criminels et des maudits, notre désespoir éclata.

Les matelots exaspérés voulaient jeter le cadavre à la mer, refusant de poursuivre cet infernal voyage. Achillino se précipita sur le cercueil de son père, l'entourant de ses bras, suppliant qu'on attendît encore. Il était impossible qu'on ne trouvât pas sur la côte un lieu désert pour y coucher la dépouille du pauvre Paganini.

Et la chaloupe reprit sa route sur la mer implacable, semblant condamnée, comme le Juif-Errant, à une course éternelle.

Or, comme nous nous éloignions de Cannes, le ciel jusqu'alors si clair se couvrit. Le vent d'ouest se mit à souffler, et des nuages s'accumulèrent menaçants sur nos têtes. La tempête, c'était pour nous un péril de mort. Le vieux marin fit observer que si nous pouvions gagner à temps le chenal qui sépare les îles Lérins, nous y trouverions un abri sûr. Il s'agissait de tourner à l'est de Sainte-Marguerite. Par crainte de chavirer, nous avions cargué les voiles et nous ramions énergiquement. Enfin nous atteignîmes l'extrémité de l'île, et, protégés contre l'assaut du vent, nous entrions dans une mer plus càlme quand m'apparut un spectacle qui m'arracha un cri d'étonnement et de terreur.

A cent mètres de nous, sous le ciel noir où pla-

naient de sinistres goëlands, se détachait un îlot
battu par les vagues. Cet îlot, image de la solitude et de la désolation, je le reconnaissais
comme s'il avait déjà frappé mes regards...
Tout à coup, le souvenir jaillit de ma mémoire.

Je me retrouvai dans ma chambre, écoutant le
maître incomparable. Et tandis qu'il jouait, j'avais
eu une sorte d'hallucination, une vision absolument nette de cet îlot qui se dressait maintenant
en réalité devant moi.

Alors, je ne sais pourquoi, pénétra dans mon
esprit la certitude que là s'arrêterait notre course,
et que ce récif abandonné avait été choisi pour
garder le corps de Paganini.

La nuit tombait quand nous abordâmes dans
une petite crique de Saint-Honorat. Bientôt après,
nous nous efforcions de nous endormir, mais,
auparavant, j'avais fait part à Achillino de mon
étrange vision. Quoiqu'il la traitât de rêverie, il
parut approuver mon idée de confier à Saint-
Ferréol (c'est ainsi que les marins appelaient le
récif) les restes de son malheureux père. Pou-

vait-il reposer en un lieu préférable, en attendant que l'Église permît de le transporter dans sa patrie ? Ne serait-il pas là à l'abri des regards indiscrets et des blasphèmes du monde, bercé par la grande voix de cette mer qu'il avait tant aimée ?

Pieusement, le lendemain, nous descendîmes le cercueil dans l'îlot Saint-Ferréol. Achillino et moi, avec l'aide d'un brave moine de Saint-Honorat, qui nous avait offert ses services, nous creusâmes une fosse. Elle n'était guère profonde, car la couche de terre qui recouvrait le récif n'avait pas même un mètre; mais nous entassâmes sur la tombe des blocs de rochers pour la défendre contre les intempéries.

Le moine murmura quelques prières pendant que nous étions agenouillés. Achillino sanglotait; je l'embrassai et m'efforçai de le consoler. « N'est-ce pas là, lui dis-je, un tombeau digne de ton père ? Plus tard, tu le transporteras chez lui, à la villa Gajona, mais quel asile plus grandiose eût pu rêver le maître : la solitude devant l'infini de la mer ! »

Comme pour laisser à nos cœurs une impression moins sinistre, tandis que notre bateau s'éloignait, le soleil se montra par une déchirure de nuage et l'îlot Saint-Ferréol nous apparut baigné dans la lumière. La mer l'entourait d'une ceinture d'azur, et le gazon jauni couronnait les rochers d'une crinière d'or. Les vagues apaisées caressaient mollement l'écueil, montant et descendant en cadence.

Et c'est ainsi que dans un glorieux rayonnement Saint-Ferréol frappa pour la dernière fois mes regards.

En 1845*, le corps de Paganini fut inhumé à la villa Gajona, où il repose encore. Le moine de Saint-Honorat, les matelots et moi, nous étions les seuls à connaître l'histoire de l'îlot désert.

Tel fut mon premier voyage dans le Midi. Quand je revins chez mes parents, je ne me sentais guère le courage de reprendre mon violon.

---

* En 1877, un Lyonnais, M. Paul Eymard a retrouvé à Cannes un marin qui avait assisté et aidé à l'exhumation des restes de Paganini. Voir *Revue Lyonnaise*, 1ᵉʳ septembre 1877.

La première fois que je posai mon archet sur les cordes, tout mon corps frissonna. L'étrange silhouette du maître passa devant mes yeux, et, incapable de dominer mon émotion, je renfermai dans sa boîte l'instrument muet désormais.

A MACCAGNO

A MACCAGNO

CROQUIS D'APRÈS NATURE

E soleil triomphait des dernières brumes du matin. Le lac Majeur reflétait le ciel bleu de l'Italie, et la brise le faisait frissonner comme un manteau de moire. Gaiement la cloche du bateau s'agitait lorsque nous passions devant quelque village aux maisons peintes en rose. Une petite embarcation se détachait alors de la rive et, glissant sur les eaux du lac sous l'effort de vigoureux rameurs, venait

déposer à notre bord les voyageurs de l'endroit.
Un arrêt de quelques minutes, puis un coup de
sifflet, et nous reprenions notre marche ou plutôt
notre course sur le lac bleu; et le petit bateau, le
village et son église disparaissaient bientôt à
l'horizon.

Avril allait commencer. On sentait la vie sour-
dre et bouillonner de toutes parts, et la sève gon-
flait les bourgeons prêts à éclore. Des amandiers
semaient la neige de leurs fleurs dans les vignes
encore desséchées, et le gazon reverdi s'étoilait de
primevères. A notre gauche, les pentes étaient
garnies de châtaigniers, et de délicieux sentiers de
montagne se croisaient et s'entre-croisaient à leurs
pieds au milieu des genêts et des bruyères. De-ci,
de-là, quelques chaumières au toit couvert de
lichen et de graminée. Qu'on y devait vivre heureux loin du monde et du bruit! Tandis que je
m'abandonnais à mes réflexions, la cloche du bateau retentit de nouveau. Nous approchions d'un
village plus considérable et qui possédait le luxe
d'un embarcadère. C'était Maccagno, si je m'en
souviens bien.

L'église, avec ses murailles couvertes de fresques assez criardes, était perchée sur un rocher et dominait le petit bourg qui s'efforçait de grimper jusqu'à elle. Les maisons rouges et jaunes ouvraient au soleil leurs fenêtres, où séchaient des linges et des étoffes. Sur les terrasses, des orangers en espalier étendaient leurs bras verts à cette bienfaisante chaleur. Onze heures sonnaient et la lumière devenait éblouissante. Mais là-haut vers l'église, et plus bas dans le village aux gaies habitations, régnait un morne silence. Toute la vie s'était concentrée sur le chemin qui longeait le lac. Il y avait là grand monde en effet. Des paysans et des paysannes entouraient un groupe de jeunes gens qui s'apprêtaient à partir. Ils avaient mis leurs plus beaux habits et tenaient au bout d'un bâton tout leur petit bagage. Étaient-ce des conscrits qui avaient reçu leur feuille de route, ou des chercheurs d'aventures qui voulaient voir du pays? Je ne sais, mais les adieux étaient tendres et bien des yeux se mouillaient de larmes.

Le bateau approchait. En arrière du gros de la

troupe se tenaient trois personnes qui attirèrent
nos regards. Groupe charmant et mélancolique :
une vieille femme, une jeune fille et un garçon de
dix-neuf à vingt ans. La vieille était la mère, sans
doute ; le travail et les années avaient courbé sa
taille et blanchi ses cheveux. Elle semblait suc-
comber sous le poids d'une hotte lourdement chargée, et sa tête penchée sur sa poitrine nous dérobait
son visage. Elle pressait dans ses mains les mains
du jeune homme, immobile et muette, incapable
de trouver une parole à cette heure suprême du
départ. Quant au fils, c'était évidemment le coq
du village ; son regard assuré et ses prétentions à
la toilette le disaient assez haut. Un beau garçon,
du reste, à la chevelure blonde et à la moustache
naissante. Un sentiment de naïve admiration
pour lui se lisait dans les yeux de la jeune fille
placée à ses côtés : était-elle sa sœur, ou sa fiancée, la jeune fille aux doux yeux noirs ? Quoi
qu'il en fût, le bateau s'approchait ; trop de
regards se fixaient sur le beau garçon pour qu'il
se laissât aller à quelque démonstration de tendresse. C'est bon pour des femmes, tout cela.

Il repoussa doucement de la main la pauvre vieille, et courut se joindre à la troupe des paysans qui attendaient, sur le bord, qu'on eût établi le pont volant du débarcadère. Le bateau allait stopper, quelques tours de roue agitaient encore l'eau du lac et la changeaient en blanche écume, puis tout mouvement s'arrêta. Ce fut alors un tumulte de voix, une scène de confusion indescriptible. Parents et amis voulaient serrer la main et donner une dernière accolade à ceux qui partaient.

En ce moment, la vieille femme que j'avais remarquée se précipita en courant, malgré sa hotte et ses cheveux blancs ; elle arriva jusque sur le bord. Oh ! serrer encore la main de son enfant adoré ! Oh ! le presser encore une fois sur son sein ! Mais elle dut renoncer à ce bonheur : il avait déjà traversé le petit pont, il était sur le bateau. Un coup de sifflet, et l'impitoyable machine reprit sa marche, et le vide se fit, et l'abîme se creusa entre la mère et l'enfant ! La jeune fille avait levé les yeux, et, rougissante comme une églantine, elle lança un baiser d'un geste passionné au bien-aimé qui s'en allait.

Puis, suivant l'exemple de sa compagne, elle se jeta à genoux sur la route poudreuse et cacha sa tête dans son tablier. Et c'est ainsi que nous les laissâmes, sans regard et sans voix, images vivantes de la désolation.

Bientôt, un chant s'éleva de l'avant du bateau : c'était mon voyageur et ses amis qui, nonchalamment assis en cercle, entonnaient une chanson à boire. Le beau gars aux cheveux blonds versait du vin à la ronde et faisait sa partie dans le chœur à gorge déployée... Il se servait aussi de larges rasades, et j'aimais à me figurer qu'il cherchait à noyer sa tristesse dans le vin noir de son pays. Pas une seule fois il ne se retourna vers Maccagno, qui s'éloignait peu à peu de nous... Peu à peu aussi le débarcadère et le quai du village, si animés tout à l'heure, redevinrent mornes et déserts. Seules les deux silhouettes de femmes agenouillées restèrent immobiles, toujours à la même place, tandis que la brise effleurant les eaux du lac leur apportait les chants joyeux des jeunes gens.

Lorsque Maccagno commença à disparaître

dans la brume, aussi longtemps que mes yeux me le permirent, j'aperçus les deux abandonnées le front dans la poussière...

Et tandis que sur le bateau les rires et les plaisanteries allaient leur train, je pensais à la pauvre vieille et à la jeune fille. Bientôt il leur faudrait relever la tête et reprendre seules le chemin de leur demeure. La main dans la main, elles graviront le sentier escarpé au milieu des vignes et des amandiers en fleurs. Et pour la mère, jamais la hotte n'aura été si lourde et la montée si longue, car elle est âgée et malade, et elle songe que c'est pour la dernière fois qu'elle a vu son fils, son soutien et son orgueil. Seules elles prendront le chemin qui serpente sous les châtaigniers et elles rentreront dans la cabane qui maintenant est vide sans *lui*...

A mes côtés, le tumulte redoublait : les paysans chantaient, ou jouaient à la *mora*. De temps à autre, gaiement la cloche du bateau tintait et de nouveaux voyageurs montaient à bord. Mais le soleil revêtait en vain sa parure de fête; en vain les flots dansaient joyeux sous les rayons du soleil, les villas s'étalaient coquettes au bord de l'eau; en vain la nature se montrait plus admirable et le cadre plus magique. Le ciel et les flots de ce lac aux beautés incomparables me semblaient mortellement tristes, car j'avais vu que là comme ailleurs, sous le soleil d'Italie comme sous nos brumes du Nord, l'existence humaine n'est faite que de déchirements et d'incessantes séparations.

LE CURÉ DE RAUZAS

LE CURÉ DE RAUZAS

AVENTURE DE VOYAGE

N prétend que de nos jours les voyages n'ont plus d'imprévu. Je ne sais si je suis particulièrement privilégié, mais il m'a suffi d'entreprendre une excursion à pied de quelques semaines pour être le héros d'une mystérieuse aventure. Il ne s'agit point ici d'une fantaisie éclose dans le cerveau d'un romancier, mais d'un simple exposé de faits authentiques contés avec la plus entière sincérité.

I

J'avais quitté de grand matin le village de
Théoule. Un gamin de treize ans, Vincent Labru,
me servait de guide et portait mon petit bagage.
Je trouvais à ma promenade un charme inexprimable. Nous traversions ce jour-là les montagnes
de l'Estérel : depuis plusieurs heures déjà, nous
cheminions au milieu des bois de pins, et je
m'enivrais d'azur et de lumière, ne me lassant pas
d'aspirer les parfums de la forêt. C'étaient, sur les
bords du sentier, tantôt de véritables haies de
bruyères toutes fleuries, tantôt des murailles de
rochers où s'accrochaient des touffes d'aloès. A
nos pieds, la Méditerranée, bleue comme le ciel,
jetait sur la grève l'écume de ses vagues. Le soleil
nous criblait de ses rayons.

— Dis-moi, garçon, demandai-je à mon guide,

mon estomac me crie qu'il est bientôt midi, et je ne vois pas trace d'habitation. Où comptes-tu nous faire dîner?

— Un peu de patience, monsieur. Dans une demi-heure nous serons à Rauzas, où je connais une auberge dont Monsieur me dira des nouvelles.

Bientôt, en effet, le paysage changea d'aspect; nous sortions des bois, et, nous enfonçant dans l'intérieur des terres, nous nous trouvions dans des champs ombragés d'oliviers. A nos pieds, sur les flancs du coteau, un petit village étalait au soleil ses maisons blanches et ses terrasses d'orangers.

Aiguillonné par un appétit féroce, j'atteignis en quelques enjambées les premières habitations de Rauzas. C'étaient, d'un côté de la route, l'église, une vieille église romane assez délabrée, et de l'autre côté la cure. Cette cure me frappa par son aspect désolé; elle semblait inhabitée. Les murs s'effritaient, les volets avaient perdu leurs gonds et pendaient disloqués, et la palissade qui séparait le clos de la route tombait en ruines. Le jardin, où je jetais un coup d'œil, présentait le même spectacle d'abandon. Les rosiers et les ronces avaient entrelacé leurs lianes dans les lauriers et les citronniers; les allées disparaissaient sous un tapis de violettes.

Ce jardin, formant terrasse, dominait les toits du village d'une trentaine de pieds : on devait jouir de là d'une vue incomparable. Déjà, je m'apprêtais, en touriste curieux, à franchir les débris de la palissade et à pénétrer dans cet Éden si mal gardé, lorsque je m'aperçus que le propriétaire du logis était chez lui.

Dans l'allée qui longeait le bord de la terrasse, faisant une tache noire sous la lumière éblouissante du soleil, un prêtre se promenait. Il tenait son bréviaire à la main, mais il ne lisait pas; ses yeux semblaient obstinément fixés sur le sol, devant lui.

— Si vous voulez entrer, monsieur, me dit tout à coup mon guide, il ne faut pas vous gêner. Il suffit d'enjamber le fossé. La cure est inhabitée.

— Mais je ne veux pas déranger ce brave prêtre qui rêve là-bas dans son jardin.

— Vous ne dérangerez personne, monsieur,

insista le gamin, je vous dis qu'il n'y a jamais personne ici.

— Il est vrai que l'habitation laisse à désirer au point de vue de l'entretien, fis-je en riant. Mais tu vois bien que tu te trompes et que la maison a un propriétaire, puisqu'il se promène là, dans le jardin...

Vincent m'écoutait ahuri, sans paraître me comprendre :

— Qu'as-tu donc à rester planté ainsi devant moi, les yeux écarquillés ? Ne comprends-tu plus le français ? Ne vois-tu pas, à vingt pieds d'ici, ce curé qui se promène, son bréviaire à la main ?

— Monsieur se moque de moi, répondit Vincent, *il n'y a personne dans le jardin.*

— Il n'y a personne ! ceci est un peu fort !

Devant moi, toujours en pleine lumière, le prêtre continuait paisiblement sa promenade. Il était même si peu éloigné de moi, que je pouvais distinguer ses traits, discerner sa figure intelligente, ses beaux cheveux noirs bouclés, sa tournure svelte. Il paraissait avoir au plus une trentaine d'années.

— Tu ne le vois pas, imbécile! m'écriai-je, eh bien! viens avec moi, je veux lui demander la permission d'admirer la vue de la terrasse.

La figure du petit paysan ne peut se décrire. Elle exprimait un étonnement complet, mêlé d'une vague frayeur.

D'un bond je franchis le fossé et ce qui restait de la palissade. Je croyais que le prêtre allait se retourner au bruit de nos pas. Il ne nous entendit point ou feignit de ne point nous entendre; mais il me sembla que sa marche s'était un peu accélérée.

— Eh bien! dis-je en saisissant le bras du guide, je pense que cette fois-ci tu le vois, là, droit devant nous, au bout de l'allée...

Mais avant que j'eusse pu obtenir une réponse, je poussai un cri d'horreur et d'épouvante.

Faisant brusquement volte-face, le curé avait sauté sur la balustrade de pierre de la terrasse, et, comme un fou, les bras étendus, s'était élancé dans le vide...

Un voile passa devant mes yeux. Il me sembla que moi aussi je tombais, que la terre se dérobait sous mes pas...

— Monsieur, qu'avez-vous, s'écria le brave Vincent, vous souffrez? vous avez mal!...

Et il s'empressait de me soutenir, car il paraît que j'avais pâli et chancelé. Mais je repoussai violemment le guide:

— Courons, courons! m'écriai-je, tu as vu cet homme! c'est horrible! courons vite au village, sous le mur de la terrasse... Il respire peut-être encore...

Comme je m'élançais, le gamin me retint par le bras:

— Monsieur, vous êtes malade, le soleil vous a tapé sur la tête, à quoi donc rêvez-vous? Il ne s'est rien passé ici... Il n'y a personne... Ecoutez-moi : allons tranquillement nous reposer à l'auberge; une goutte de bon vin vous remettra l'esprit à l'endroit.

Il parlait encore que je courais éperdu du côté du village; le chemin y descendait par une pente rapide. En quelques minutes, je me trouvais dans la principale rue. Je rencontrai un homme et une femme :

— Venez, venez vite avec moi, leur criai-je

sans arrêter ma course, un grand malheur est
arrivé.

— Quoi donc?

— Le curé s'est tué, il s'est précipité du haut
de la terrasse.

A l'ouïe de ces paroles, mes interlocuteurs me
tournèrent le dos, et, comme pris d'une soudaine
folie, ils s'éloignèrent à pas précipités dans une
direction opposée à celle que je leur montrais.

J'arrivai enfin dans la partie du village située
au-dessous du presbytère. Je songeais au spectacle
horrible qui allait frapper mes yeux: je m'apprêtais à voir ce malheureux baigné dans son sang,
mourant, mort déjà peut-être!

Sous la terrasse de la cure il y avait une planta-
tion d'oliviers. Un frais gazon s'étendait à leurs
pieds. Et sur ce gazon point d'autres taches san-
glantes que les pétales de pourpre des anémones!
Où donc le malheureux s'était-il précipité?

Tandis que j'errais sous les arbres, je fus rejoint par mon guide. Il me regardait d'un œil
inquiet. Plusieurs paysans l'entouraient et le ques-
tionnaient. Il leur répondit, et il se passa un fait

analogue à celui qui s'était présenté tout à l'heure : hommes et femmes se retirèrent et rentrèrent à la hâte dans leurs maisons.

Vincent s'approcha de moi :

— Allons, monsieur, croyez-moi, venez manger un morceau à l'auberge.

Il me sembla que la voix du gamin était changée et quelque peu tremblante. Sans rien dire, je suivis mon guide. Nous atteignîmes bientôt l'auberge du Soleil. La nouvelle de notre arrivée nous avait précédés : dans la chambre commune, on chuchotait lorsque nous entrâmes. Le groupe des causeurs sembla se fondre à notre approche ; mais j'entendis une femme dire à sa voisine, en patois :

—Le pauvre Monsieur ! *il a vu le prêtre tomber !*

Et les figures étaient empreintes d'une véritable terreur.

II

J'avoue que je n'avais plus faim du tout. Il
fallut les amicales injonctions de mon petit ami
Vincent pour me faire avaler quelques gorgées de
vin et quelques tranches de saucisson. Cette nour-
riture me réconforta cependant, mon agitation
diminua, mais non le trouble profond que cette
scène incompréhensible avait jeté dans mon esprit.

— Vous le voyez, monsieur, fit mon compagnon, vous reprenez vos forces, vous allez convenir que vous rêviez tout à l'heure, quoique vous
eussiez les yeux ouverts. Il faut se méfier de notre
soleil, quand on a le ventre creux.

Devant la tranquille assurance de Vincent, je
me prenais à douter du témoignage de mes sens :

— Il est pourtant impossible, m'écriai-je, que
je me sois trompé à ce point. Le prêtre était là

devant moi en chair et en os. Le clair de lune s'est prêté souvent à ces apparitions, mais le soleil de midi ne les connaît pas. J'ai vu cet homme..., je l'ai vu!

Soudain, du fond de la cuisine, où elle était assise dans la pénombre, une femme surgit et se dressa devant nous : une vieille femme sèche, ridée, qui s'appuyait sur un bâton d'olivier.

— Vous l'avez vu, monsieur, dit-elle en s'avançant vers moi, certes, c'est la vérité... et vous n'êtes point le premier auquel est apparu le curé de Rauzas. D'autres que vous l'ont rencontré se promenant sur la terrasse, d'autres que vous ont tremblé au spectacle de sa chute. Et, ajouta-t-elle en se tournant vers Vincent, si cet enfant qui vous accompagne n'était pas étranger à notre village, il n'aurait pas un visage aussi tranquille.

— Je vous avertis, bonne femme, que je ne crois point à toutes vos légendes ; elles n'ont leur source que dans l'ignorance et la superstition.

— Vous niez donc l'évidence ? s'écria la vieille avec une curieuse agitation. Avez-vous, oui ou non, vu quelqu'un dans le jardin de la cure ?

Avez-vous, oui ou non, cherché le corps du prêtre sur la pente de la colline? Avez-vous menti, enfin?... et votre figure bouleversée n'était-elle qu'une comédie?...

Que pouvais-je répondre?

La paysanne, alors, me conta l'histoire du curé de Rauzas :

« Je l'ai connu, dit-elle; j'étais toute jeune fille, et je compte maintenant près de quatre-vingts ans. Je me le rappelle bien. Il semblait à peine avoir dépassé la trentaine : il était brun avec des yeux et des cheveux de jais. »

Je tressaillis : n'était-ce pas l'âge, le signalement de l'homme que j'avais vu?

« L'abbé Rabaut se faisait aimer de tous par sa parole bienveillante et son inépuisable charité. Il savait dire à chacun ce qui lui convenait : joyeux avec les heureux, sympathique à ceux qui souffraient, il allait de maison en maison, accueilli comme un conseiller et un consolateur. Et pourtant il y avait quelque mystère dans la vie de notre brave curé. Le soir, bien tard, on voyait briller de la lumière dans sa chambre, et l'on disait qu'il passait la nuit à dévorer de gros livres. Quoi qu'il en soit, un changement s'opérait en lui. Il restait des heures à se promener de long en large dans son jardin, son bréviaire à la main, mais il ne le lisait pas. »

— Et c'est dans cette attitude que je l'ai observé ce matin même, m'écriai-je involontairement.

La vieille continua :

« Il restait les yeux fixés sur la vallée, et semblait en proie à une grande agitation intérieure. D'autres fois, on le rencontrait errant dans les bois de pins de l'Estérel. Il ne rentrait à la cure qu'à la nuit tombante, couvert de poussière et de sueur. A ces périodes de songerie succédaient des semaines où il redoublait d'activité, où il mortifiait sa chair, se soumettait à des pénitences et à des jeûnes rigoureux.

« Sa servante l'entendait tenir d'étranges discours. Quoiqu'il fût seul dans son cabinet, il avait l'air de causer avec un interlocuteur invisible. Il se frappait la poitrine; en proie à une indicible angoisse, il poussait des gémissements, des cris

inarticulés; puis se jetant à genoux : « Seigneur!
Seigneur! s'écriait-il, sauvez-moi! je doute et je
veux croire. » — On commençait à jaser dans
le village des singulières allures du curé, lorsque
arriva le dimanche des Rameaux, en l'année 18..
Quel brillant soleil il faisait ce jour-là! tout comme
aujourd'hui, monsieur.

« M. le curé, plus pâle encore que de coutume,
monta en chaire pour le prône : jamais il n'avait
parlé comme il parla alors. Il nous montra les
horreurs du doute; il nous appela à la repentance,
à la foi; il nous conjura de nous jeter, pendant
qu'il était temps encore, dans les bras de Jésus et
de la sainte Vierge... Sa voix était si émue, si
vibrante, que je vis de nos paysans baisser la tête
pour cacher leurs larmes.

« Son discours fini, il prit le chemin de sa demeure. Aux rayons du soleil couchant, on vit une
dernière fois passer sous les orangers la soutane
du curé... puis un cri se fit entendre, un cri de
mort qui arrêta les battements de nos cœurs...
Des enfants qui jouaient dans le verger au-dessous
de la cure, virent alors comme un immense oiseau

noir traverser les airs et s'abattre sur l'herbe, les ailes étendues...

« Quand on s'approcha, on trouva l'abbé Rabaut mort, les deux bras en croix. Dans sa chute vertigineuse, il avait brisé une branche d'olivier qui s'était enfoncée comme une griffe dans son visage. En présence de cette marque sanglante, un vieux du village disait : « Voyez, c'est le pied fourchu du diable. »

« On nous apprit depuis qu'il était mort ainsi parce qu'il était un incrédule. Il n'avait pu supporter de vivre en guerre avec Dieu dont il était ici-bas le représentant.

« Un autre curé le remplaça bientôt. Les choses avaient repris leur train accoutumé, mais cela ne dura pas longtemps. Un matin que le nouveau desservant lisait son bréviaire dans le jardin, il leva machinalement les yeux. A quelques pas de lui, il vit l'abbé Rabaut se promener, puis s'élancer soudain et enjamber la balustrade. Le malheureux pensa devenir fou, il quitta notre village. Dès lors, la cure n'a jamais été habitée... Mais, à plusieurs reprises, l'apparition terrible s'est produite, et chaque fois elle a été suivie de quelque malheur pour nous et les nôtres. Fasse le ciel, monsieur, que le curé de Rauzas ne vous soit point fatal. »

Le récit de la vieille ne m'étonna guère. Je connais une foule de ces légendes effrayantes ou naïves qui plaisent aux curieux et aux faiseurs de romans. Mais ce qui me déconcertait, ce qui me paraissait inexplicable, c'était que tous les détails de cette soi-disant apparition concordassent exactement avec ce que j'avais vu moi-même.

Il y avait là quelque chose de si extraordinaire, que toutes mes théories un peu sceptiques à propos du surnaturel étaient bouleversées. Je suis absolument sûr d'une chose : c'est que je n'avais, avant ce jour-là, jamais entendu parler de Rauzas, ni de son curé.

Je congédiai Vincent et rentrai dans le monde civilisé. Mais il m'est toujours resté de cette journée à Rauzas une impression singulièrement désagréable.

L'ONCLE MILO

L'ONCLE MILO

I

Ⅰ L m'appelait souvent pour jouer avec lui, le cher petit enfant. Sa chambre était un vrai musée de joujoux de toutes sortes, qu'il prenait et cassait tour à tour dans un accès d'indicible joie. Il se promenait au milieu de ses trésors avec la majesté que donnent trois ans révolus. Mais canons, soldats et polichinelles étaient bien vite oubliés, quand « l'oncle Milo » apparaissait.

« L'oncle Milo, » c'était moi. Il m'avait baptisé un jour de ce nom, je ne sais pourquoi; et ce nom prononcé par sa voix encore hésitante avait semblé délicieux. En passant par la bouche des enfants, les moindres mots revêtent une grâce et un charme inexplicables.

Comme il m'aimait, le petit lutin! et comme il savait bien se faire obéir. L'oncle Milo montrait, il est vrai, une patience à toute épreuve; il inventait pour chaque visite quelque divertissement nouveau... Mais ce que l'enfant préférait toujours, c'était mes beaux châteaux de cartes, si longuement, si savamment construits. Il ne respirait plus, tandis que le fragile édifice s'élevait...; encore deux cartes..., encore une!... Ses yeux étincelaient de bonheur,... et moi, oublieux de mon œuvre, je m'arrêtais à contempler ce front radieux, cette joie si naïve, si complète, et je sentais naître en moi une envie folle de serrer dans mes bras, de presser sur mon cœur ce petit être bien aimé rayonnant de santé et de vie!

Mais ce n'était pas de caresses qu'il s'agissait alors : le château nous réclamait. Le voilà achevé...

et c'est le moment délirant. Une petite main, rapide comme l'éclair, s'abattait sur le château et le renversait d'un seul coup...

Entendez-vous quels délicieux éclats de rire !... Rien de tel pour rasséréner une âme troublée ; c'est une brise du ciel sur les fronts brûlants que ce rire perlé, étincelant, retentissant :

— Tombé ! oncle Milo, tombé ! plus rien... Fais château pour Bébé !

Et la fête continuait. Et c'était alors dans la chambre un fracas de rires incessants, de gambades, de cris à vous assourdir.

II

Bébé est malade, bien malade. Il ne court plus au milieu de ses polichinelles sans tête, et de ses jouets entassés ; il a même quitté sa couchette aux rideaux blancs. Le voyez-vous là-bas ? On l'a mis dans un grand lit, pour qu'il soit plus à l'aise; il paraît si petit, si maigre, dans ce grand lit!

Les jours sont longs pour lui; il s'est fait apporter un beau canon, ses soldats, ses livres de gravures. Il voudrait jouer avec eux comme autrefois..., d'où vient qu'il n'en a plus envie?... Tout cela l'ennuie et le fatigue. Il souffre; il faut l'asseoir sur son lit... Il a tant de peine à respirer. Ses yeux s'attristent, et son sourire même devient navrant...

Le médecin est venu, il a hoché la tête. Tout est perdu, Bébé est très malade, il va mourir.

Il va mourir! je le sais, et mon cœur se brise dans ma poitrine. Oh! bien aimé petit enfant, je ne l'entendrai plus m'appeler l'oncle Milo...

Bébé avait fermé les yeux. Il les rouvre soudain. Il m'a reconnu.

— Oncle Milo, un château! murmure-t-il.

Oh! la joyeuse vision des heures envolées, les rires éclatants, le soleil inondant la chambre! — Et maintenant il fait nuit et Bébé va mourir, et pourtant il faut savoir lui répondre en souriant...

Je m'incline vers lui, et je commence mon

château. Comme les cartes tremblent dans ma main, et comme ma voix tremble aussi quand je dis : « Regarde, qu'il est beau! » d'un ton que je voudrais rendre joyeux.

Sa main brûlante de fièvre touche la mienne, et ses regards sont distraits. Pourtant il a pu donner un faible coup, et le frêle édifice s'est écroulé...

Hélas! plus de cris de bonheur. Machinalement sa voix répète :

— Oncle Milo, un château..., oncle Milo!

Et j'entasse les cartes, je construis des tours gigantesques..., éperdu de douleur et souriant toujours... Voici la tour achevée.

— Souffle! souffle vite sur le beau château...

Je prends la petite main dans la mienne, elle est froide, toute froide... Bébé est mort...

Et voilà pourquoi je ne ferai plus jamais de châteaux de cartes.

L'AME DES CHOSES

L'AME DES CHOSES

RÊVERIE

I

« Chère Édith,

MON mari est appelé à Paris; le gouvernement veut le charger d'une mission scientifique dans quelque pays lointain. Tu serais bien aimable de venir charmer ma solitude, au moins pendant deux ou trois

8

semaines. Tu m'as promis, la dernière fois que je t'ai vue, de renouer connaissance avec notre vieille masure. Donc point d'excuses, et arrive-nous par retour du courrier.

« Ton amie,

« BLANCHE. »

Telle est la lettre que je venais de recevoir de Gervilly. Comme nous étions alors au mois d'août, qu'il faisait une chaleur étouffante à Paris, je profitai de l'invitation de mon amie pour m'envoler en Savoie humer le bon air des montagnes et des bois. Pierre Dantrex et sa femme m'attendaient à la gare, et ce fut un joyeux moment que celui où je me retrouvai avec ces vieux amis.

Pierre conduisait lui-même la voiture, traînée par un vigoureux percheron, tandis que Blanche et moi, nous jasions comme des sœurs qui ne se sont pas vues depuis des mois.

La route, après avoir côtoyé l'Isère, s'élevait peu à peu au-dessus de la plaine et serpentait dans les vergers ombragés de noyers pour gravir ensuite le flanc du coteau. Déjà l'herbe se fait plus courte et plus fine, les châtaigniers et les sapins succèdent aux noyers, et au-dessus des grands arbres l'on voit poindre le toit de tuiles rouges de Gervilly. C'est une maison carrée, flanquée de deux tours, que l'on décore pompeusement dans le pays du nom de château; en réalité, elle n'a de seigneurial que le large perron qui mène du salon sur la terrasse. De cet endroit, l'œil embrasse un magnifique panorama : l'Isère déroule dans la plaine ses anneaux d'argent et fertilise les champs de sarrazin fleuri et de maïs aux panaches ondoyants; au delà des champs commencent les bois qui escaladent les flancs des montagnes, et, pour fermer l'horizon, un rempart de rochers et de glaces, les Alpes du Dauphiné.

C'est dans le manoir un peu branlant de Gervilly que Blanche et son mari cachaient leur bonheur depuis vingt ans. Pierre s'était fait un nom par ses recherches géologiques; mais il ne quittait qu'à regret son nid dans la verdure, et certes, quand on voyait ce nid si douillet, si confortable, on comprenait sa répugnance à en sortir.

A l'heure du dîner, il me présenta le docteur Artus, l'un de ses anciens amis, établi dans un village voisin, et qui était la providence du pays. La figure du médecin ne me parut pas sympathique : c'était un homme grand et d'une maigreur vraiment extraordinaire. Ses mains, entre autres, longues et velues, donnaient l'impression de serres d'oiseau de proie. Il venait adresser ses adieux à Pierre, qui partait dans la soirée. Mais celui-ci voulut auparavant me faire les honneurs de son castel, comme il l'appelait.

— Vous verrez, me dit-il, que nous ne sommes point des sauvages, et que les derniers perfectionnements de la science ont pénétré jusqu'ici. Nous avons installé partout des sonneries électriques, et notre chambre de bain ne laisse rien à désirer.

J'avouai que l'installation me semblait admirable de tous points.

— Vous n'avez encore rien vu, reprit M. Dantrex ; je réserve ma chambre pour la fin.

— Mais elle n'a rien de spécial, dit Blanche. Comment veux-tu qu'Édith s'extasie devant tes boîtes de minéraux et tes oiseaux empaillés?

— C'est vrai qu'on n'y rencontre ni meuble ancien et rare, ni tableau de grand maître, mais venez tout de même y jeter en passant un coup d'œil, et nous irons dîner, car l'heure avance.

Comme le disait mon amie, la chambre de Pierre n'avait rien de bien particulier, et cependant elle laissait une profonde impression de paix et de confort.

— C'est là mon sanctuaire, dit Dantrex en ouvrant la porte, mon *home*, et je l'aime comme une vieille connaissance. Voici mon lit, le même où je dormais jeune homme chez mes parents; voici ma table de travail, et mes collections, et mes bouquins. Tout m'est familier ici, jusqu'à certains plis du rideau et certaines fentes du plâtre, au plafond. Aussi lorsque je pars, que je quitte cette chambre, il me semble que je prends congé du génie de l'endroit, qu'il regrette de me voir partir, et qu'il me suit et m'accompagne par la pensée dans mes pérégrinations.

— Toujours poète, mon cher Dantrex, interrompit le docteur Artus en lui frappant sur l'épaule. Vous avez manqué votre vocation... Mais prenez garde de ne pas manquer aussi le train... et allons goûter votre Montmélian de 1865, qui était un fameux cru, si je m'en souviens bien.

— Quoi que prétende Artus, je suis un homme très pratique, s'écria Pierre, et je n'en veux pour preuve que ce tableau placé dans le vestibule, et qui indique aux domestiques dans quelle chambre on a sonné.

— Mais, cher ami, il y en a de pareils dans tous les hôtels, reprit le docteur, et tu as dû te condamner à numéroter toutes tes chambres comme dans les prisons. Ainsi tu es le numéro 8, et Mme Amalti le numéro 5... C'est charmant, tout à fait charmant.

Et le jovial docteur m'offrit son bras pour entrer dans la salle à manger.

II

A huit heures du soir, le petit cheval piaffait dans la cour, et notre ami nous disait adieu à la hâte.

— Je vous laisse Artus pour vous consoler, cria-t-il en partant, mais, de grâce, docteur, n'effeuillez pas toutes les illusions de ces dames, grand sceptique que vous êtes!

Longtemps nous restâmes assis sur la terrasse, suivant de l'oreille le bruit de la voiture qui s'en allait mourant. Le ciel s'assombrissait et semblait présager un orage pour la nuit, mais, comme il arrive souvent en pareil cas, l'air était doux comme du velours et tout chargé du parfum des fleurs. De loin en loin un souffle de vent faisait bruisser les feuilles des arbres, et c'était comme un son très doux et très subtil qui nous berçait.

Le docteur fumait son cigare et se moquait des rêveries de Pierre Dantrex, en se balançant sur son fauteuil.

— On ne saurait méconnaître, disait-il, que les choses semblent parfois s'associer à notre vie, et on pourrait, en transformant le vers du poète ancien, soutenir que les choses ont une âme, *sunt animæ rerum*. Je ne suis pas bien sûr de mon latin, car il y a quelque quarante ans que j'ai perdu de vue mes auteurs, mais tout cela, c'est de la fantaisie pure ou le produit d'une imagination maladive. Je sais pourtant que j'ai été mêlé moi-même à une aventure assez inexplicable.

— Racontez-la, docteur, nous écriâmes-nous toutes deux.

— Certes, oui, si cela peut vous plaire, et d'autant plus volontiers qu'aux histoires fantastiques il faut un cadre fantastique, et que nous sommes servis à souhait. Il fait sombre, le vent frissonne dans les bois, et il suffit d'un rien pour que votre cœur batte bien fort, bien fort dans votre poitrine.

« Ma mère était une douce femme, une âme simple et naïve, qui n'avait qu'une occupation dans ce monde : nous adorer, mon frère et moi. Mon frère, plus âgé que moi de deux ans, partit pour faire son service militaire, et je restai seul au logis désolé. On ferma la chambre de l'absent, mais toutes choses y restèrent comme il les avait laissées, et je soupçonnais fort mon excellente mère d'y aller prier et pleurer quelquefois en silence.

« Depuis quelque temps nous étions sans nouvelles du soldat, alors en garnison à Nantes, et nous vivions dans l'anxiété. Les jours s'écoulaient sans apporter aucune lettre en réponse à nos pressantes missives. Et les stations dans la chambre de l'absent devenaient plus longues et plus fréquentes, lorsqu'un soir j'entendis un grand cri qui partait de cette chambre... J'y courus précipitamment et je trouvai ma mère évanouie sur un fauteuil, devant la table de mon frère.

« Bientôt elle reprit ses sens, mais pour tomber dans un tel désespoir, que je crus qu'elle avait perdu la raison.

— « Qu'y a-t-il, que t'est-il arrivé? de grâce! réponds, mère chérie?

— « Ton frère, mon fils, mon fils bien aimé, il est mort, il est mort... Tout à l'heure je m'étais assise devant cette table, pensant à lui; j'ai levé les yeux, et, dans cette glace placée devant moi, et qui a réfléchi si souvent son image, je l'ai vu, oui, je l'ai vu, pâle, sans regard et sans vie... Il est mort, je suis sûre qu'il est mort... »

« Rien ne put la faire changer d'idée; elle voulait partir de suite pour Nantes; je ne pus l'en empêcher et je l'accompagnai. Hélas! elle ne s'était pas trompée... Mon frère était mort à l'hôpital militaire d'une fièvre typhoïde, et cela, chose étrange, *le jour même et à l'heure même* où ma mère l'avait vu dans son miroir*. »

Quoiqu'il se targuât de scepticisme, le docteur Artus avait la voix un peu tremblante lorsqu'il termina son récit.

—Eh bien, continua-t-il, moi qui suis un esprit

---

* Ce récit, absolument vrai, confirme de la manière la plus singulière les observations de trois savants anglais, MM. Gurney, Myers et Podmore, dans leur livre *Phantas of the living*. Chose curieuse, cette nouvelle était écrite lorsque, dans la *Revue des Deux-Mondes* du 1er mai 1888, M. Raphaël Chandos émit des conclusions assez semblables aux nôtres sur les *hallucinations véridiques*.

fort, je crois que ma mère a été le jouet d'une hallucination produite par sa constante préoccupation et son inquiétude au sujet de son fils. Mais si mon ami Dantrex était ici, il vous déclarerait avec le plus grand sérieux qu'*il y a entre les personnes et les choses qui leur sont familières des liens intimes et mystérieux qui se manifestent extérieurement sous l'impulsion de circonstances spéciales.* C'est un peu embrouillé, mais très passablement philosophique.

Le vent fraîchissait, nous quittâmes la terrasse. La conversation s'était ralentie insensiblement, et, peu après, le docteur nous fit ses adieux et se retira.

III

J'avoue que le départ du docteur fut suivi d'un soupir de soulagement. Son récit nous avait impressionnées d'une manière pénible; il nous tardait de nous retrouver en tête-à-tête pour changer le cours de nos idées et recommencer une de ces causeries intimes et délicieuses, dont les vieilles amitiés possèdent seules le secret.

La lampe éclairait la table à thé, où la bouilloire d'argent, surmontée d'un panache de vapeur, faisait entendre sa chanson. On se sentait bien chez soi, confortablement installé. Blanche et moi, nous décidâmes, d'un commun accord, de congédier les domestiques et de leur permettre de se livrer au sommeil, tandis que nous allongerions la veillée à notre fantaisie. Au dehors, le vent soufflait avec furie; on l'entendait gémir dans les corridors du château, et l'on distinguait parfois entre les interstices des volets la lueur blafarde des éclairs. La pluie tombait à torrents, et nous éprouvions dans ce paisible salon l'impression de contentement et de calme dont parlait Lucrèce, contemplant du rivage les horreurs de la tempête...

Ce fut alors entre nous une heure exquise, toute consacrée aux souvenirs d'autrefois, à notre enfance écoulée dans des demeures voisines, à ce passé commun qui laisse dans les cœurs des traces ineffaçables. Et puis Blanche me conta son mariage, sa vie paisible auprès d'un homme qu'elle adorait, et, vaguement assoupies par le fracas de l'ouragan, nous nous laissions bercer par nos paroles.

Depuis longtemps la pendule avait sonné minuit, et nous ne songions point aux heures qui s'enfuyaient, lorsqu'un bruit étrange nous fit sauter sur nos fauteuils.

Au milieu de la nuit, alors que tout reposait dans la maison, la sonnerie électrique se mit à retentir éclatante dans le vestibule. Nous nous élançâmes à la hâte vers le tableau pour voir qui pouvait demander ainsi du secours... La sonnerie continuait, et nous pâlîmes toutes deux en voyant qu'elle partait de la chambre de Pierre Dantrex, du numéro 8, alors inhabité...

Les domestiques, éveillés par ce carillon, arrivaient auprès de nous. Mais déjà la sonnerie s'était arrêtée. Nous montâmes dans la chambre, elle était entièrement vide.

J'avoue qu'il y avait là quelque chose de curieux, d'inexplicable, et ce qu'on ne peut expliquer est toujours inquiétant. Je pensai, à part moi, que l'électricité de l'atmosphère et l'orage pouvaient bien être pour quelque chose dans cette alerte, mais, involontairement, je songeais aux théories de Pierre Dantrex, et je me sentis frissonner.

Un regard jeté sur Blanche me montra qu'elle aussi songeait à son mari, et l'angoisse se peignit sur son visage.

— Voyons, ma chère, lui dis-je, ne nous abandonnons point à de ridicules rêveries. Ce brave docteur Artus nous a raconté des histoires à la manière d'Edgar Poë, qui nous ont dérangé le système nerveux. Allons nous coucher. Avec le soleil, toutes ces sottes idées auront disparu. Il est une heure du matin, nous devrions dormir depuis longtemps.

Je l'embrassai tendrement et tins la porte de communication ouverte entre sa chambre et la mienne; mais j'entendais Blanche se retourner fiévreusement dans son lit et murmurer à demi-voix:

« Pourvu qu'il ne soit rien arrivé à Pierre. »

Et une sorte de terreur vague m'envahissait à mon tour.

IV

Quel ravissement que l'apparition du soleil entre deux échancrures de montagnes, et quel spectacle que celui que j'avais de mon balcon à cette heure matinale! Les bois remplis d'oiseaux secouaient à la brise leurs branches chargées de pluie, et il s'élevait de la vallée une buée bleuâtre qui la cachait à mes yeux. C'est à peine si l'on distinguait les maisons du village de Gervilly qui ouvraient leurs volets aux premières lueurs de l'aube. Déjà tout s'animait, et l'on entendait les clochettes. des troupeaux que l'on menait à l'abreuvoir.

Une bonne odeur de terre mouillée me montait

par bouffées au visage, et le chant des oiseaux, le bourdonnement des abeilles dans le chèvrefeuille qui tapisse la maison, le tintement d'une cloche lointaine, s'unissaient pour former un concert mélodieux. C'était le jour, le mouvement, la vie, et mes idées de la veille, je les traitais de folies, et je riais de nos terreurs d'enfant.

J'entrai dans la chambre de Blanche; je la trouvai habillée et prête à descendre à la gare.

— Je ne serai tranquille, me dit-elle, que lorsque j'aurai des nouvelles de Pierre; il doit arriver à Paris dans la journée; il trouvera ma dépêche et y répondra.

A deux heures, aucune nouvelle ne nous était parvenue, et je voyais que, malgré tous ses efforts pour rester calme, Blanche avait peine à contenir son inquiétude. A cinq heures, enfin, nous vîmes arriver un petit gamin, porteur de la dépêche suivante :

« Retard de trois heures, voie obstruée par orage, deux wagons jetés hors des rails. Reçu légère contusion au genou, rien de sérieux. Ecris plus amples détails. »

Nous nous regardâmes, Blanche et moi; nous n'éprouvions aucun étonnement, comme si nous nous attendions à ce qui arrivait.

Le docteur Artus apparut dans la soirée; nous eûmes soin de lui cacher l'histoire de la sonnerie, car ses plaisanteries étaient fort peu de notre goût. Du reste, il s'agissait là évidemment d'une pure coïncidence qui ne nous aurait point frappées si notre imagination n'avait été surexcitée le soir par des récits fantastiques. La nuit se passa sans nouvel incident, et, dans le courant de la journée, arriva la lettre de Pierre.

Il racontait que, non loin de Culoz, un éboulement causé par l'orage avait couvert les rails d'une épaisse couche de terre et de gravier. La locomotive, lancée à toute vapeur, avait franchi l'éboulement, mais les wagons n'avaient pu suivre et les chaînes s'étaient brisées, amenant une secousse épouvantable et l'arrêt du train.

« J'étais profondément endormi, ajoutait M. Dantrex, lorsque je fus projeté par un choc violent contre la paroi opposée du wagon. Heureusement que ma tête n'en souffrit pas et que mon genou seul fut blessé. Tu jugeras de l'état de torpeur dans lequel je me trouvais, quand tu sauras que je me croyais dans mon lit, en proie à un mauvais rêve, et que *j'étendis machinalement la main pour presser le bouton de ma sonnette électrique...* »

Blanche s'arrêta haletante dans sa lecture et me dit avec un rire forcé :

— Si le docteur Artus était ici, il aurait beau jeu pour se moquer de nous. Décidément il faut croire aux affinités secrètes des hommes et des choses.

Et franchement les faits étaient si étranges que je ne sus que répondre.

SOUS L'ACACIA

SOUS L'ACACIA

Les abeilles bourdonnent dans l'acacia en fleur. Le soleil se glisse à travers les branches et zèbre d'or le gravier de l'allée, tandis que les roses et les héliotropes étalent leurs trésors embaumés dans les plates-bandes. Je suis assis sous le vieil acacia dont les grappes s'entr'ouvrent pleines d'un miel délicieux. Une bouffée d'air m'apporte leur odeur pénétrante..., et en même temps, comme une épée affilée, le souvenir est entré dans mon âme.

Un matin de juin, pareil à celui d'aujourd'hui,

à cette même place, sur ce même banc, je me revois avec mes deux trésors, mes deux petites filles. L'une, espiègle enfant aux yeux de jais; l'autre, avec des yeux de velours brun. *Maman* était sortie, et je me trouvais seul gardien du logis et de mes lutins bien aimés.

Comme le soleil brillait dans un ciel sans nuage, il fut bien vite décidé que l'on irait s'amuser au jardin, et le pauvre papa s'en était vu de toutes les couleurs. Il lui avait fallu retrouver ses jambes de vingt ans et gambader dans les allées, imiter des cris d'animaux étranges, devenir tour à tour chat, tigre ou souris. Le moyen de se refuser à ces transformations quand de petits bras vous enlacent et que de petites bouches roses vous prodiguent tour à tour et les promesses et les baisers. Aussi quels rires dans le jardin, quelles courses échevelées, et quels cris de terreur ou de joie!

Exténué, rendu, je m'assis sous l'acacia, où je fus bientôt rejoint par mes deux fillettes, le teint animé, ravissantes dans leur simple robe du matin. — Oh! les exquis et frais boutons de rose que ces mignonnes enfants de quatre et de six ans. — Elles comprirent que les courses étaient terminées, que le repos allait commencer, et elles se mirent toutes deux sur mes genoux en me demandant une histoire. Et comme je réclamais un instant de répit, ce furent des tendresses et des cajoleries sans fin. — C'était bien sûr qu'on ne voulait pas fatiguer petit père, on l'aimait trop pour ça ! — Qui peindra ces visages penchés vers le mien, et ce bonheur exquis de plonger mes yeux dans leurs yeux, et de les étreindre contre mon cœur ! J'écoutais le frais babil de mes enfants, tandis que les grillons chantaient dans le verger et que les abeilles bourdonnaient sur les grappes de l'acacia.

— Comme il a chaud, ce pauvre père, il faut lui ôter son chapeau !

Soudain l'une des fillettes devint toute sérieuse.

— Qu'as-tu donc ? m'écriai-je très étonné de ce changement subit de physionomie.

— Regarde, oh ! regarde, dit-elle à sa sœur sans me répondre, papa qui a des cheveux blancs !... et ces deux figures rieuses prirent une expression désolée... Est-ce que tu vas devenir blanc et courbé comme grand-père... et puis tu mourras comme lui...

— C'est le sort commun, mes chéries, répondis-je en souriant pour les rassurer; mais je suis jeune et j'espère que je passerai encore avec vous bien, bien des années.

C'est en vain que j'essayai de les consoler. En un instant l'idée de la vieillesse et de la mort avait surgi dans leur esprit..., et je les voyais fondant en larmes et cachant leurs têtes dans ma poitrine comme deux pauvres petits oiseaux effrayés par l'orage. L'une d'elles surtout, l'aînée, ne pouvait se calmer : « Non! non! je ne veux pas que tu meures! » — et comme je m'efforçais de la raisonner et de la tranquilliser, elle leva la tête, et ses beaux yeux bruns se tournèrent vers le ciel :

— O mon Dieu! s'écria-t-elle avec passion, fais que papa ne meure qu'après nous!

Un frisson glaça mon être...

Je ne sais ce qui arriva alors. Le passage d'un nuage devant le soleil, le vol d'un oiseau changea le cours de leurs idées, et un instant plus tard les rires et les gambades avaient repris de plus belle dans les allées du jardin. Mais moi je restai encore longtemps sur ce banc, comme si j'avais reçu une blessure au cœur. Oh! prière imprudente et fatale, tu étais partie de lèvres trop pures et trop innocentes pour n'être pas exaucée! Et pourtant ce n'est pas au père à fermer les yeux de ses enfants... Il est fait pour les précéder dans la mort comme il les a précédés dans la vie.

Il a fallu qu'ils s'envolent l'un après l'autre, mes anges aux blanches ailes, et *la prière de l'enfant*, cruelle dans son égoïste tendresse, *s'est tout entière réalisée.*

Deux fois j'ai vu la mort entrer dans notre demeure; elle a emporté nos trésors, notre jeunesse, notre bonheur, notre orgueil. Ah! si tu avais su, ma fillette chérie, toi qui m'aimais tant! si tu avais pu me voir dans l'avenir, courbé sur vos tombes, désespéré, traînant misérablement une vie désolée, non! tu n'aurais pas prononcé ta prière!...

Et sorti de ma rêverie, je me retrouve seul
dans le jardin embaumé d'héliotropes et de roses,
sous l'acacia en fleur tout plein de bourdonne-
ments d'abeilles.

DOUBLE VIE

DOUBLE VIE

> Je me demandais l'autre jour, avec
> inquiétude, si j'aurais à recommencer
> la fatigue de cette vie d'ici-bas dans
> une autre. La peur m'était venue qu'il
> n'y eût, pour peupler les siècles, qu'un
> certain nombre déterminé d'âmes ....
>
> J. DE GONCOURT.

I

BRIDES, 2 JUILLET 1886. — Mon médecin l'a voulu. Le sort en est jeté. Me voici aux bains de Brides. Tout à l'heure, tandis que le soleil s'abaissait à l'horizon, la diligence est entrée dans une fraîche vallée où

mugit un torrent; des chênes et des hêtres pro-
jettent leur ombre sur la route. Celle-ci monte en
gracieux méandres au milieu des bois et des prés.
Peu à peu le vallon s'est élargi et un clocher
d'église s'est dressé devant nous; quelques hôtels
blanchis à la chaux, quelques maisons de paysans aux toits moussus, voilà tout le village de
Brides.

Mais, tandis que j'écris ces lignes, quel tableau
s'étale devant mes yeux! De ma fenêtre, le regard
embrasse la vallée qui va s'élevant graduellement
jusqu'au glacier de la Vanoise. C'est un véritable
océan de verdure coupé par la ligne éblouissante
des neiges. De cet océan dont les vagues sont
des forêts de noyers et de châtaigniers, émergent
comme de petites taches brunes, les toitures de
chaume de quelques chalets, d'où montent des
fumées bleuâtres dans la calme atmosphère du
soir.

Le glacier devient rouge pourpre, puis rose sur
le ciel bleu pâle; le soleil a disparu.

Une paix inexprimable descend sur ce paysage. On n'entend que le grondement du torrent

et les clochettes des troupeaux de chèvres rentrant à l'étable. Des parfums qui me sont inconnus flottent dans les airs : c'est là sans doute l'ha-
leine embaumée de la forêt... Et il me semble
que mon âme elle-même va s'évaporer, qu'un
sommeil vague engourdit mes sensations.

La vie habituelle, avec ses soucis et ses préoc-
cupations, m'apparaît petite et mesquine en face
de cette nature sûre de sa force et de sa durée.
Toute mon existence passée me fait l'effet d'un
rêve, d'un triste rêve, certes, dont je voudrais
perdre jusqu'au souvenir.

A vingt-cinq ans, j'ai dépensé beaucoup d'argent, mais de mon imagination, des talents qu'on
se plaisait à me reconnaître, qu'ai-je fait ? Vide,
néant. Que ne puis-je retourner en arrière, revenir
à ces nobles et généreuses illusions, à ces rêves de
gloire et d'amour, qui sont l'auréole de la jeunesse ! De ma vie trop uniquement consacrée au
plaisir, il ne me reste rien qu'un immense dégoût,
qu'une inexprimable amertume.

Et pourtant ce soir, au milieu de ces parfums,
de cette légère brise de la montagne, il me monte

au cœur comme un renouveau... Oui, il est bon, il est doux de vivre, de vivre autrement et mieux que je n'ai vécu.

6 *juillet*. — Les journées s'écoulent ici dans une monotonie délicieuse. Je ne connais personne et tiens à ne connaître personne. C'est à peine si j'échange quelques paroles avec mes voisins de table. Le repas fini, j'entreprends de longues promenades. Loin des routes poudreuses, j'explore les sentiers qui sillonnent les pentes gazonneuses. A l'orée du bois je m'étends sur l'herbe, n'ayant autour de moi que buissons de myrtilles et touffes de fraises rougissantes.

Mon livre est ouvert sur mes genoux, mais qui songerait aux œuvres des hommes en face de ces incomparables merveilles de la création? A-t-on jamais su peindre le charme d'un pan de ciel bleu découpé par les branches? A-t-on jamais su rendre le subtil arome d'une fleur des bois?

Quels délicieux entretiens avec la brise qui passe, avec l'insecte qui bourdonne, avec le murmure lointain du torrent! Dans cette communion avec la nature on se sent devenir insensiblement meilleur.

8 juillet. — Pourquoi suis-je ainsi troublé? Une rencontre avec un vieillard inconnu, quelques mots échangés avec lui, cela suffit-il pour me préoccuper de la sorte?

Hier après midi je me trouvais à ma fenêtre lors de l'arrivée de la diligence. C'est ici le grand événement de la journée : gens et bêtes se réunissent dans l'unique rue du village, avides de saluer des visages nouveaux. Des aboiements, des claquements de fouets retentissent dans le lointain; bientôt le tintement des grelots accentue sa joyeuse musique, puis la lourde machine s'arrête devant le bureau de poste. Les propriétaires d'hôtels s'empressent en quête de clients; on dételle les chevaux, on descend bruyamment les malles. C'est un tohu-bohu de voix, des courses, des allées et venues, des reconnaissances, des embrassades...

Par exception, hier tout s'est passé dans le plus grand calme. Le postillon n'avait point fait victo-

rieusement claquer son fouet, et les hôteliers ont
montré grise mine. La diligence ne contenait
qu'un seul voyageur. Il descendit rapidement, et
je ne pus qu'entrevoir un homme âgé à la tête
blanche. Il ne parut pas au dîner de tabl⸱ d'hôte
et se fit servir dans sa chambre.

Aujourd'hui je me promenais dans le parc au
bord du torrent. La matinée était ravissante. Des
centaines d'oiseaux gazouillaient dans les aulnes
et leur chanson se mariait avec le clapotis de
l'eau. Un bruit de branches cassées me fit lever
les yeux. Un gamin de six à sept ans grimpait
sur un arbre, en quête de quelque nid caché dans
la verdure. L'entreprise était périlleuse, la branche
s'étendait au-dessus de la rivière.

— Fais attention ! allais-je m'écrier, mais il
était trop tard. J'entendis un craquement ; la
branche trop frêle se brisa et l'enfant fut précipité
dans le torrent. Je me débarrassai rapidement de
mon habit et plongeai dans l'eau glacée. Quelques secondes après je déposais le petit garçon
sur le bord, sain et sauf ; il en était quitte pour un
bain.

— Va changer de chemise, bonhomme, si tu en as une seconde, dis-je en riant, et désormais ne vole plus de nids.

Dans le sentier passait quelqu'un qui s'arrêta soudain au son de ma voix. C'était l'inconnu de la veille.

Il se retourna et s'avança rapidement de mon côté.

— Pardonnez-moi, monsieur, fit-il, mais je crois vraiment que vous sortez du torrent.

— Je viens simplement de repêcher ce jeune naturel du pays, et il ne me reste plus qu'à opérer une prompte retraite dans ma chambre.

Chose étrange, tous deux en nous dévisageant nous avions tressailli. Le regard et surtout la voix de cet homme me faisaient un singulier effet : *c'était celui d'une musique ancienne, connue, aimée.* La figure de ce vieillard, si belle, si vénérable, me semblait aussi familière, et cependant il était évident que je ne l'avais jamais vu encore.

Nous restâmes quelques instants l'un près de l'autre sans nous parler. Le petit paysan nous ramena à la réalité; il se secoua comme un chien mouillé et prit la fuite à toutes jambes. Je saluai respectueusement le vieillard et me retirai dans ma chambre.

Mais la glace était rompue. Dans l'après-midi nous nous sommes retrouvés devant l'hôtel et nous avons fait plus ample connaissance. Je ne sais ce qui s'est passé; en quelques minutes nous nous sentions les meilleurs amis du monde. Il me semblait très naturel et très doux de marcher à l'aventure dans mes sentiers favoris, soutenant mon compagnon dans les passages un peu périlleux. Pourquoi donc, lorsque son bras s'appuya pour la première fois sur le mien, ai-je cru le sentir tressaillir?

Mon nouvel ami vit à Genève et s'appelle M. Charles Mermier. Son nom n'est point obscur. M. Mermier a consacré sa vie à des travaux sur l'histoire naturelle qui lui ont valu une grande notoriété. Nous avons jasé de choses et d'autres, à bâtons rompus. Les heures s'enfuyaient si rapides que nous fûmes tout surpris d'entendre dans le lointain sonner la cloche du dîner.

— Il est impossible qu'il soit déjà six heures? nous écriâmes-nous involontairement.

Cependant le soleil avait déjà abandonné le fond de la vallée; ses rayons empourpraient les forêts de chênes et de hêtres, ils montaient, montaient sur les flancs de la montagne comme s'ils avaient eu des ailes. Ils disaient un suprême adieu aux cimes neigeuses lorsque nous atteignîmes l'hôtel.

A l'heure du cigare, je retrouvai M. Mermier dans les allées du parc. Je ne sais pourquoi il me tardait de revoir cet homme qui m'était inconnu quelques heures auparavant. Sa conversation, très agréable pourtant, n'explique pas l'invincible charme qui m'attire et me retient auprès de lui. Je ne sais pourquoi son regard semble pénétrer jusqu'au plus profond de mon être...

15 *juillet*. — L'ensorcellement est complet; inutile de chercher à résister. Cet homme, je l'ai *déjà* connu. Certaines intonations de sa voix, certains de ses gestes me sont absolument familiers...

Il m'a conté sa vie comme je lui ai conté la mienne. Il n'a pour toute famille qu'une fille qui a seulement trois ans de moins que moi. C'est une existence très douce et un peu mélancolique, loin des vanités et du bruit du monde. Je lui ai dit à mon tour mon enfance abandonnée, mes premières expériences de la vie, mon dégoût des plaisirs facilement achetés, mes rêves de travail et de gloire pour l'avenir.

Il m'écoutait en souriant de son beau sourire un peu triste :

« N'éparpillez point vos talents dans toutes les directions, comme un papillon qui veut boire le miel de toutes les fleurs. Il faut avoir un but déterminé dans la vie ; lutter pour atteindre ce but, c'est le bien.

« Que je vous plains, a-t-il ajouté, de n'avoir connu ni les caresses d'une mère, ni la chaleureuse étreinte d'une main fraternelle. Pour moi, les plus chers souvenirs de ma jeunesse, je les dois à l'amitié. Un homme a vécu dont le cœur battait positivement à l'unisson de mon cœur. Pas une de ses pensées, pas une de ses aspirations, pas un de ses rêves, dont il me fît la confidence. Je me trompe. Une fois, une seule fois, il eut un secret pour moi, et il en est mort. »

Sa voix tremblait en disant ces mots.

Et comme je me gardais d'insister, de peur d'éveiller en lui de pénibles souvenirs, il s'arrêta brusquement dans sa marche.

— Vous saurez tout cela un jour, ajouta-t-il.

Ce jour ne s'est pas fait attendre.

Hier, la chaleur étant intolérable, nous dûmes renoncer à notre promenade accoutumée et nous contenter de nous établir sous les arbres, au bord du torrent. Les heures s'écoulaient lentement. Au milieu de la torpeur générale, les oiseaux même se taisaient, les moustiques seuls s'en donnaient à cœur joie de bourdonner à nos oreilles. Enfin la nuit vint, et avec elle la brise fraîche qui descend du glacier. Quelles délices d'aspirer cet air vivifiant!

En fum nt notre cigare, nous suivîmes la route des Allues qui monte en pente douce à travers la forêt. Peu à peu, à la clarté mourante du crépuscule succéda la lumière de la lune. Au sortir du bois, nous atteignîmes un espace découvert, une sorte de talus gazonné qui dominait la vallée. Nous nous assîmes sur l'herbe courte, étoilée d'œillets rouges et de touffes de centaurées roses.

Mon compagnon semblait plongé dans une profonde rêverie, lorsqu'un fait étrange se passa. Les lèvres du vieillard s'agitèrent, et, dans le silence de la nuit, j'entendis sa voix murmurer :

— Mon pauvre Jean !

Comment expliquer ce qui est inexplicable. *Cette simple phrase prononcée par cette même voix, avec cette même intonation, je l'avais souvent entendue retentir à mon oreille.* Involontairement je me retournai et dis : « *Que me veux-tu, mon ami ?* »

Pourquoi parlé-je ainsi ? Je n'en sais absolument rien. J'obéissais à un pouvoir irrésistible. *C'était comme le vague souvenir d'une réponse à une question faite autrefois.*

En cet instant, la figure de M. Mermier me parut se contracter sous l'empire d'une intense émotion.

— Qu'avez-vous, cher monsieur, êtes-vous souffrant ? m'écriai-je, revenant déjà au sentiment de la réalité.

« Nullement, mais votre voix m'a surpris au milieu de mes tristes pensées. Je vous ai parlé l'autre jour d'une histoire de ma jeunesse. J'y songeais tout à l'heure. Je ne puis jamais voir un clair de lune comme celui-ci sans me ressouvenir de ces choses d'autrefois.

« C'était par une nuit semblable, une nuit du mois d'août, que je fis un serment solennel d'amitié avec Jean de Vintigny.

« Nous avions vécu côte à côte dans deux maisons voisines ; nous avions fait ensemble notre collège. On nous appelait « les inséparables. » Jean avait tout ce qui me manquait : une étonnante vivacité d'esprit, une imagination toujours en éveil, une grâce presque féminine. Nous entrâmes le même jour dans une de ces sociétés d'étudiants qui sont pour les jeunes Suisses une des joies de l'adolescence.

« O monsieur, que c'est beau, d'avoir dix-huit ans, d'avoir toute une vie devant soi, de caresser les plus doux rêves, de croire que l'humanité est bonne, pure et généreuse !

« Au sortir d'une de nos réunions d'étudiants, où les discours avaient exalté notre jeune imagination, Jean me dit : « Comment rentrer à la « maison quand il fait un temps pareil ? » Nous quittâmes les rues désertes et gagnâmes la campagne. Notre promenade dura longtemps dans les sentiers embaumés, à travers les champs trempés de rosée. Jean, très excité par cet admirable spectacle, m'entraîna jusqu'au sommet d'une colline d'où le regard embrassait toute la vallée.

« A nos pieds reposait la ville endormie, au bord du lac qui brillait comme un ruban d'argent sous les rayons de la lune. Mon camarade, silencieux un instant, se retourna vers moi, et la voix émue : « Jamais, s'écria-t-il, je n'oublierai cette « soirée. Quelle splendeur et quelle sérénité ! Qui « sait si nous nous retrouverons ainsi tous deux ; « il faut que le trop-plein de mon cœur s'écoule. « Charles, je t'aime comme un frère ! Promettons-« nous d'être fidèles à cette sainte amitié, de

« nous aider, de nous aimer toujours, quoi qu'il
« arrive... » Nos mains s'unirent dans une cordiale étreinte.

« Cette scène vous fait peut-être sourire, monsieur. Mais souvenez-vous que nous étions jeunes,
c'est-à-dire ardents, naïfs, croyants, et dès lors il
n'y a plus là matière à moquerie.

« Le temps s'écoula, et nous eûmes le bonheur,
Jean et moi, de continuer nos études côte à côte;
lui se vouait aux lettres, et moi aux sciences natu-
relles. Après trois années de séjour à l'étranger,
nous nous retrouvâmes à Genève. Jean faisait
déjà parler de lui; il publia un volume de nouvelles et des vers. Parmi ces vers je ne retrouvai
pas sans émotion une pièce qui m'était dédiée, et
dont voici quelques strophes :

> *Puisqu'il est écrit dans les cieux,*
> *Cher ami, que nous devons faire*
> *Ensemble et dans les mêmes lieux*
> *Notre voyage sur la terre ;*
>
> *Que notre âme doit palpiter*
> *Au nom de la même patrie,*
> *Qu'ensemble nous devons tenter*
> *La grande lutte de la vie ;*

Donne-moi ton cœur et ta main
Dans une étreinte fraternelle :
Ayons un culte, un culte saint
Pour toute chose noble et belle !

Nous pourrons avancer alors,
Sans défaillance et sans faiblesse,
Au milieu de nos rêves morts,
Quand s'enfuira notre jeunesse,

Nous ne nous arrêterons pas
Pour pleurer toutes ces chimères,
Mais, en voyant à chaque pas
Tant de douleurs, tant de misères,

Nous voudrons, travailleurs bénis,
A ces martyrs de la souffrance,
A ces pauvres oiseaux sans nids,
Verser la paix et l'espérance !

« Nous allions souvent passer ensemble la soirée chez un professeur de l'Académie. Il habitait
non loin de la ville. Si vous venez jamais à Genève,
on vous conduira aux Crêts de Saconnex pour
contempler la vue du Mont-Blanc. C'était là que
M. Duverger passait l'été dans une vieille maison
toute tapissée de vigne vierge et d'aristoloches !
Mais, faut-il le dire ? le principal attrait des « Tilleuls » consistait dans les beaux yeux de Lucienne,

la fille de M. Duverger. Je la vois encore avec son regard étincelant de vie et de gaieté ; partout où elle passait, elle faisait l'effet d'un rayon de soleil. Son père aimait à recevoir souvent ses étudiants : Lucienne n'avait avec les jeunes gens ni fausse timidité, ni hardiesse exagérée. Elle était simple et naturelle comme une fleur des champs.

« Ma vie s'écoulait doucement monotone, lorsqu'un jour, dans une réunion, j'entendis une dame dire à sa voisine : « Savez-vous la nouvelle ! On « parle du mariage de Mlle Duverger avec M. de « Vintigny... » Je n'écoutai pas ce qui suivit. La foudre en tombant à mes pieds ne m'eût pas plus abasourdi.

« Un mot entendu par hasard me révélait l'état de mon cœur : j'aimais Lucienne, je l'aimais de toutes les forces de mon âme... Et Jean l'aimait aussi ! Il me sembla qu'un abîme se creusait soudain entre lui et moi...

« Je me rendis en hâte chez Vintigny. « Eh « bien ! l'on prétend que tu te maries, fis-je en « affectant un ton dégagé ; je trouve que tu aurais « pu me prévenir de ce qui se passe et ne pas me

« laisser tout apprendre par le bruit public. Il faut
« convenir qu'entre Lucienne et toi vous avez sa-
« vamment caché votre jeu. Mes compliments,
« mon cher, mais je ne te félicite pas de la con-
« fiance que tu m'as témoignée... »

« Jean devint très pâle : « Comment peux-tu
« plaisanter ainsi ; tu sais que je n'ai rien de ca-
« ché pour toi. Je n'ai jamais adressé à Mlle Du-
« verger une parole qui puisse faire croire... Ras-
« sure-toi donc ; mais tu me parais dans un état·
« d'excitation... C'est toi qui as l'air d'un homme
« sérieusement épris... »

— « Et qui te dit que cela ne soit pas ! »
m'écriai-je. Inutile de vous narrer la conversation
qui suivit. Pour la première fois depuis que nous
nous connaissions, nous eûmes une discussion, et
tous les torts étaient de mon côté, je dois le
dire.

« Quoi qu'il en soit, lorsque nous retournâmes
aux Tilleuls, ma défiance n'avait point désarmé.
J'observais les moindres gestes de Jean et de
Lucienne ; j'épiais leurs entretiens les plus inno-
cents. Il me semblait que la jeune fille regardait

Vintigny d'un œil particulièrement favorable. Le fait est qu'il avait tout pour plaire : causeur brillant, délicat poète, il exerçait un attrait irrésistible. Je me souviens qu'une fois il récita des vers au milieu d'un cercle d'admirateurs. Lucienne l'écoutait, accoudée à la fenêtre, respirant la brise du soir. Il vint la rejoindre et causa longuement avec elle. Je n'entendais point ce qu'ils se dirent, mais j'étais irrité, et c'est à peine si en rentrant à la ville avec Jean, je lui adressai la parole.

« Combien la jalousie rend injuste et cruel ! Je ne voulais point voir la tristesse croissante de mon ami ; plusieurs fois il refusa de m'accompagner aux Tilleuls. Et moi je l'accusais d'y faire des visites à mon insu ! M. Duverger me demanda pourquoi Vintigny ne venait plus chez lui ; il avait entendu dire qu'il était malade, qu'il souffrait d'un mauvais rhume. « Il tousse un peu, c'est « vrai, » répondis-je. C'est à peine si j'y avais fait attention.

— « Sa mère est morte d'une maladie de poi- « trine, reprit M. Duverger, pourvu que le pauvre « garçon ne soit pas atteint de la même affection. »

« Lucienne, qui nous écoutait, pâlit et ses yeux se remplirent de larmes.

« Je sortis des Tilleuls le cœur bourrelé de remords, et me rendis chez Jean qui me reçut avec sa grâce accoutumée. Quand je lui demandai des nouvelles de sa santé, il plaisanta avec sa gaieté d'autrefois. Nous passâmes ensemble des heures délicieuses. Le lendemain il vint me dire adieu. Il allait à Paris à la recherche d'un éditeur pour publier son nouveau volume de vers. Il me pria de l'accompagner aux Tilleuls.

— « Vous nous avez oubliés, monsieur de Vin-
« tigny, » dit M. Duverger d'un ton de reproche.

— « J'ai beaucoup travaillé depuis deux mois,
« répondit-il, il s'agit pour moi d'arriver à produire
« quelque chose de vraiment bon, et non plus de
« simples rimes d'écolier. »

« Sa visite fut courte, et c'est à peine s'il adressa la parole à Lucienne.

— « Monsieur, je vous recommande mon ami,
« dit-il au moment de prendre congé. Si par
« hasard mon séjour se prolongeait, il se sentirait
« peut-être un peu désorienté. Pour moi, je sais

« bien que je serai à Paris comme un chien sans
« maître. N'est-ce pas, Charles, tu viendras ici
« souvent t'entretenir avec notre maître, et res-
« pirer l'air de la campagne ? »

« La promesse n'était que trop facile à faire.
Je ne pouvais plus vivre loin du regard de Lucienne.

« Les adieux furent brefs ; nous reprîmes le
chemin de la ville, et à un détour de la route Jean
s'arrêta soudain. Au milieu des arbres la maison
des Tilleuls apparaissait illuminée des rayons du
soleil couchant. Mon ami la contempla longuement comme avec amour, et je crus voir une
larme descendre sur sa joue.

— « Et maintenant en route pour la gloire ! »
s'écria-t-il en se détournant. Et nous descendîmes
la colline à grands pas.

« Lorsque j'allai le lendemain pour serrer une
dernière fois la main de Jean, l'on m'apprit qu'il
était déjà parti, de grand matin. « M. Jean m'in-
« quiète, ajouta la vieille domestique : Il a beau-
« coup toussé cette nuit et ne s'est pas couché. Il
« n'a cessé de marcher de long en large dans sa

« chambre. Cela lui arrive souvent, du reste,
« depuis quelque temps. »

« Tous ces détails me sont revenus dans la suite,
mais alors je n'avais qu'une idée en tête. Égoïste
comme le sont tous les amoureux, je ne songeais
qu'à profiter de l'absence de Jean pour voir Lucienne seul à seul.

« Les semaines s'écoulèrent. Mon ami m'écrivait régulièrement; il m'annonça que son rhume
ne diminuant pas, il passerait quelque temps dans
le Midi. Puis, le bruit courut qu'il s'était fiancé
à Nice avec une Américaine; Lucienne s'émut
de ce bruit. En réponse à une lettre de moi lui
demandant si la nouvelle était vraie, Jean me
répondit : « Qu'y aurait-il là d'impossible ? J'at-
« tends peut-être pour te communiquer la chose
« que tu te sois décidé toi-même. »

« Je lus cette réponse à Lucienne devant ses
parents. C'était aussi un soir de lune, au commencement de mai. Cette soirée s'est gravée dans
ma mémoire, comme si elle datait d'hier.

« Les feuilles naissantes faisaient leur apparition au bout des branches. Après le dîner, nous

sortîmes sur la terrasse. M. et Mme Duverger marchaient devant nous; je restai en arrière avec Lucienne.

« La lune se levait, caressant de sa pâle lumière le verger émaillé de boutons d'or. Les pruniers et les poiriers en fleurs semaient sur nos têtes la neige de leurs pétales, tandis que les oiseaux chantaient dans les taillis l'hymne immortel du printemps.

— « Lucienne, dis-je tout bas, — et je pris la « main de la jeune fille; elle ne la retira pas, — « Lucienne, dois-je répondre à Jean que moi « aussi je suis bien heureux? Vous savez que je « vous aime, que je vous aime de toute mon « âme : ne m'aimerez-vous pas un peu à votre « tour? »

« Un silence suivit. Je n'oublierai jamais cet instant de silence... De l'herbe et des arbres en fleurs, de la nature tout entière, un murmure harmonieux, fait de mille voix diverses, nous berçait comme une musique. Nous marchions serrés l'un près de l'autre, dans la sérénité de la nuit étoilée.

« Un rayon de lune filtra entre les branches,

et je lus sur les lèvres de ma bien-aimée la réponse à ma question : mon rêve se réalisait !

« Je n'ai pas besoin de vous dire que Jean
reçut une lettre de moi par le plus prochain courrier. Je lui demandais en retour de m'annoncer
quelle était l'élue de son cœur. Je bâtissais des
châteaux en Espagne, je rêvais de nos deux
mariages accomplis le même jour, que sais-je
encore ? toutes les folies d'une âme débordante
de joie. Je reçus une dépêche de félicitations, puis
plus rien, pas une ligne. Que se passait-il donc ?

« Je ne le sus, hélas ! que trop tôt. Une lettre
d'un médecin de Nice m'appelait auprès de mon
ami, atteint, écrivait-il, d'une phtisie galopante.
Deux jours après, j'arrivais à l'hôtel du Rivage :
Jean était méconnaissable. Il pouvait à peine se
traîner de son lit à son fauteuil.

« Quand il me vit entrer, sa figure s'illumina.
Il tomba dans mes bras. « Tu le vois, murmura-
« t-il, je ne t'ai point trompé : ma pâle fiancée
« m'attend. Le festin des noces est proche. »

« Il s'affaiblissait, on peut le dire, d'heure en
heure. Il aimait à m'entendre parler ; il me ques-

tionnait sur les Tilleuls, sur Lucienne... Chaque fois que je prononçais ce nom, je voyais son pauvre corps frissonner.

« Quelques instants avant de mourir, il me fit asseoir auprès de son lit : « Penche-toi sur moi, « me dit-il de sa voix, de sa chère voix caressante, « ici, plus près. Écoute : Lucienne, je te l'ai don- « née; aime-la bien, aime-la pour toi et pour « moi... » Une dernière étreinte, et ce noble cœur cessa pour jamais de battre.

« Le voile se déchirait enfin devant mes yeux.

« Jean adorait Lucienne, et se sentant malade, condamné, il s'était sacrifié pour moi. Il m'avait laissé le champ libre, donnant même à penser que son cœur était engagé ailleurs.

« Je compris alors ce long regard adressé aux Tilleuls à son départ. Il avait voulu leur dire un dernier adieu et graver d'une manière ineffaçable la chère demeure dans sa mémoire. »

Le vieillard s'arrêta vaincu par l'émotion. Autour de nous, le vent du glacier faisait frissonner les bois; la lune poursuivait sa course paisible dans l'azur.

Je ne pus trouver le mot convenable pour exprimer les sentiments qui agitaient mon âme. Je serrai silencieusement la main de M. Mermier, et nous rentrâmes à l'hôtel, absorbés en nous-mêmes, sans échanger une parole.

Et, de plus en plus, je me sentais en communion de pensées avec le vieillard. Son récit m'avait ému comme s'il me concernait en quelque manière, comme si j'avais été l'un des acteurs de ce drame intime. Il me sembla que l'on me racontait un rêve que j'avais fait moi-même.

Lucienne! Lucienne!... N'ai-je pas prononcé cent fois ce nom dans des nuits de délire et d'angoisse!

II

Brides, 20 juillet. — Je quitte demain cet endroit. J'y suis arrivé malade d'esprit autant que de corps. Grâce à M. Mermier, je m'en vais plus content de moi-même et des autres. Je me mets résolument au travail et j'ai déjà ébauché une petite nouvelle.

Nous avons fait aujourd'hui notre dernière promenade. La figure de mon ami était triste; le ciel couvert semblait vouloir se mettre à l'unisson de nos pensées. Nous avons, sans nous concerter, dirigé nos pas du côté de la Gorge aux Pigeons. Ce ravin sauvage, ces rochers à peine recouverts d'un maigre gazon, convenaient à notre mélancolie. N'allions-nous pas nous quitter, et peut-être pour ne jamais nous revoir?

Comme je l'ai remarqué à plusieurs reprises ces derniers temps, M. Mermier paraît lire dans mes pensées :

— Nous nous retrouverons bientôt, cher monsieur, me dit-il. Vous n'êtes jamais venu à Genève : vous vous devez à vous-même de visiter notre lac et nos montagnes. Le mois de septembre est le plus favorable pour une semblable visite. Je n'ai pas besoin de vous dire combien je serai heureux de vous recevoir sous mon toit, aux Tilleuls.

— Comment! les Tilleuls sont à vous?

— Sans doute. Ma femme en est devenue propriétaire à la mort de ses parents, et toutes choses y sont restées comme aux jours d'autrefois. C'est donc convenu : je vous attends au commencement de septembre.

Je remerciai avec effusion, mais je ne sais pourquoi je prévoyais cette invitation : elle me semblait toute naturelle.

Paris, août 1886. — Depuis un mois, je suis de retour dans mon petit appartement de garçon. Je m'efforce de mettre le temps à profit, je travaille beaucoup. Je veux pouvoir montrer à mon ami que j'ai suivi ses conseils si sages et dictés par une si longue expérience. Mais pourquoi donc suis-je distrait et agité? Je me reporte sans cesse à la dernière matinée de mon voyage avec M. Mermier.

C'est à Culoz que je me suis séparé de lui. Je lui ai serré la main, puis, instinctivement, involontairement, je l'ai serré dans mes bras, je l'ai embrassé avec vénération, comme on embrasse un père chéri. La locomotive a sifflé, je me suis mis à la portière et j'ai agité mon mouchoir jusqu'à ce que la gare ait disparu à mes yeux.

Quelle chose étrange que cet attachement pour un homme que j'ai vu pour la première fois il y a un mois! *Mais était-ce la première fois?...* *Je jurerais l'avoir toujours connu.*

Il m'écrit chaque semaine, et ses lettres sont une fête pour moi. Il a retrouvé sa fille en bonne santé, les Tilleuls tout enguirlandés de fleurs. Je *sens* qu'il faut que je parte; un mystérieux pouvoir m'attire là-bas... Je compte les jours, qui me semblent s'écouler avec une lenteur désespérante. Quand donc serons-nous en septembre?...

Genève, 2 septembre, les Tilleuls. — Quelle journée! J'ai la tête en feu; mon cœur bat à se rompre dans ma poitrine. Les Tilleuls! Je suis aux Tilleuls!... Et je m'y trouve en pays de connaissance!... J'allais écrire : je m'y retrouve...

Le temps est splendide. Sous ma fenêtre, j'entends le murmure du jet d'eau qui retombe en perles dans sa vasque; des parterres de fleurs monte un parfum enivrant. C'est ici le séjour de la paix, c'est le repos, c'est le port... J'y arrive à peine, et il me prend déjà une terreur de devoir le quitter.

Tâchons de mettre un peu d'ordre dans mes idées.

Ce matin, par un ciel radieux, le train m'a déposé à Genève. M. Mermier m'attendait à la gare. Mes malles furent bien vite hissées sur la voiture, et nous voici en route pour les Tilleuls. Mon ami me paraissait ému et préoccupé.

Nous traversâmes un faubourg assez triste d'aspect, puis les maisons se firent plus rares, et nous nous trouvâmes bientôt dans un chemin bordé de haies et ombragé par des chênes magnifiques.

— Voici le Mont-Blanc! m'écriai-je tout à coup.

Le colosse des Alpes émergeait à l'horizon dans sa neige immaculée.

— Mais nous devons approcher des Tilleuls... Encore un coude de la route, et nous atteindrons le pied de la colline... Attendez!... *N'y a-t-il pas un banc sous les chênes, près de la porte d'entrée ?*

M. Mermier, stupéfait, ne répondit que par un hochement de tête affirmatif.

— Ce n'est pas tout ! écoutez encore... *Je me souviens d'une avenue qui serpente dans la campagne, d'un jet d'eau placé devant la maison, et d'une vieille galerie garnie de vigne vierge et de bignonias...*

Je parlais ainsi, sans me rendre compte de la force inconnue qui me faisait agir.

— Vous avez un vrai talent de divination, me répondit mon hôte d'une voix étranglée. Vous ne m'avez pas dit, cher monsieur, que vous possédiez le don de seconde vue...

Comme il prononçait ces mots, nous arrivions à la grille de la propriété. *Les chênes étaient là, le banc était là,* et la voiture entra dans *l'avenue sinueuse* serpentant au milieu du gazon fleuri...

Voici la vieille demeure avec ses murs tapissés de verdure...

— Soyez le bienvenu aux Tilleuls ! me dit une

voix connue. Entrez! j'ai hâte de vous présenter
à Lucienne...

— Lucienne?

— C'est ma fille; elle porte le même nom que
sa mère.

Je marchais machinalement, comme dans un
rêve. La porte du salon s'ouvrit.

— Lucienne, je t'amène M. Henri de Marcours.
Je n'ai pas besoin de te recommander de lui faire
bon accueil : mes amis sont les tiens.

Dans la pénombre du salon, — les stores
étaient baissés à cause du soleil, — je vis s'avancer une jeune fille les mains embarrassées par une
véritable gerbe de fleurs :

— Pardonnez-moi, monsieur, dit-elle, de ne pas
vous donner l'accolade de bienvenue, mais vous
le voyez, je suis jardinière à cette heure.

Je restai muet, cloué au sol, incapable d'arti-
culer un seul mot. Cette voix, c'était la voix de
Lucienne, — et c'était *ma Lucienne elle-même* dans
toute la grâce de ses dix-neuf ans!

M. Mermier m'observait de son regard profond
et scrutateur... Je parvins enfin à murmurer quel-

ques paroles banales. Je prétextai la fatigue du voyage et l'on me conduisit dans la chambre qui m'était destinée.

Dès que je fus seul, je me jetai dans un fauteuil, en proie à un malaise indescriptible.

Rêvais-je? devenais-je fou? Cette maison, je la reconnaissais; et cette jeune fille, elle me rappelait aussi une figure aimée, passionnément aimée!...

Enfin si je faisais un songe, il était de nature agréable...

La journée a passé comme une minute, Lucienne et son père se sont disputé l'honneur de me montrer la propriété. A tout moment un banc, un arbre d'une forme particulière, une échappée de vue sur le lac et les montagnes, me frappaient comme des choses *déjà* vues.

Je m'efforçais de cacher mon trouble.

M. Mermier, à ce que j'ai compris, a mis sa fille au fait de mes idées et de mes occupations favorites. Nous nous sommes entretenus de littérature, de beaux-arts, et la pendule sonnait minuit avant que nous songions à la retraite.

10 *septembre*. — « Simple et naturelle comme une fleur des champs, » disait M. Mermier en parlant de sa femme. Ces mots sont faits pour cette jeune fille. Chaque jour je découvre en elle quelque charme nouveau. Son âme candide est comme un livre ouvert.

Lucienne a été élevée au milieu de cette nature admirable; elle connaît peu les hommes, et qui aurait le courage de l'instruire de toutes les laideurs d'ici-bas? Elle a un culte pour son père, et ensuite un culte pour son pays et pour ses montagnes.

Nous avons fait ensemble une excursion de quelques jours dans les Alpes. C'était merveille de voir Lucienne grimper les pentes les plus abruptes, sauter comme un chamois de rocher en rocher, pousser des cris de joie à la découverte de quelque fleur rare des hauts sommets. M. Mermier ne nous suivait que de loin, retenu par la molle allure de son mulet.

Il semblait de plus en plus rêveur et agité. Préoccupé de son état, j'ai insisté pour que nous rentrions aux Tilleuls sans plus tarder. Le docteur, un ami de la famille, ne nous a guère rassurés. « M. Mermier a la tête fatiguée. A diverses reprises, depuis quelques années, il a passé par des périodes successives d'agitation et de prostration. Il lui faut renoncer à toute espèce de travaux, se tenir au grand air, et se distraire le plus possible. »

Tel était le verdict de l'homme de l'art. Lucienne a redoublé d'activité et de dévouement dans ses soins à père. Elle me traite en vieil ami, me consulte, et souvent nous avons ensemble de graves tête-à-tête.

Ces tête-à-tête sont pour moi une torture délicieuse. Comment me le dissimuler? *Dès la minute même où elle m'apparut pour la première fois, j'ai aimé Lucienne, je l'ai aimée éperdument.* Et il me prend des envies folles de lui dire, de lui crier que je l'adore, et de la serrer sur mon cœur.

Cet état de choses ne saurait durer plus longtemps.

15 *octobre.* — Ç'est effrayant. Voici plus d'un

mois que je suis ici, et une pensée me poursuit comme un remords : il faut que je m'en aille.

Ma position est fausse entre cette jeune fille et ce vieillard malade. Je dois quitter cette maison, et je ne m'en sens pas le courage...

Hier j'ai fait une timide allusion à mon prochain départ :

— Comment, vous voulez quitter déjà le pauvre invalide ! s'est écrié M. Mermier. D'ordonnance de la Faculté je vous retiens ici jusqu'en novembre.

Lucienne, en m'écoutant, avait rougi, puis pâli... Je crus lire dans son regard commé une supplication. Je me suis laissé faire violence, et j'ai promis de rester encore quinze jours... Quinze jours ! mais qu'est-ce que cela ? une minute, une seconde, et après ?...

Non, Lucienne sera à moi. D'un jour à l'autre, elle peut se trouver seule, sans appui... Il faut que je parle.

20 *octobre*. — J'ai passé bien des nuits sans sommeil. « M'aime-t-elle ? » me demandai-je tou-

jours. O félicité radieuse, je sais que son âme m'appartient! mais par quelles émotions nous venons de passer!

C'est cette après-midi que je me suis décidé à parler. Une bise froide nous avait fait quitter le jardin de meilleure heure que d'habitude. Mon ami se réchauffait auprès de l'âtre flambant; son regard suivait Lucienne vaquant avec amour à ses mille petits soins de garde-malade.

— Pauvre enfant, murmura-t-il, que feras-tu lorsque je ne serai plus là?

L'agitation maladive semblait le ressaisir.

— Père, ne te tourmente pas, je t'en prie, dit Lucienne, de sa douce voix; ne sommes-nous pas heureux ainsi tous deux?

Et s'asseyant auprès du vieillard, elle appuyait tendrement sa tête sur sa poitrine. On ne pouvait rêver un plus ravissant tableau, que cette figure transfigurée par l'amour filial...

Je ne pus résister à l'élan de mon cœur.

— Monsieur Mermier, dis-je en m'avançant vers lui, l'heure est venue où je dois tout avouer. Vous craignez, si un malheur vous arrivait, de laisser votre fille sans soutien, sans protection. N'avez-vous pas compris que je n'attends qu'un signe d'elle pour me mettre à ses genoux... A l'instant même où je la vis pour la première fois, je sentis que je lui appartenais par toutes les fibres de mon être! Quitter les Tilleuls! je l'aurais voulu, mais c'était au-dessus de mes forces... Lucienne, voulez-vous être ma femme, et vous, monsieur, voulez-vous être pour moi le plus aimé, le plus vénéré des pères?

M. Mermier tourna lentement son regard vers sa fille, attendant comme moi sa réponse. Elle, avec sa simplicité accoutumée, se leva et me tendit la main; ses yeux si tendres, si caressants, regardant bien en face, plongeant jusqu'au fond de mon âme...

Ivre de bonheur, je serrai Lucienne dans mes bras, — le ciel même connaît-il des joies semblables? — et nous nous agenouillâmes devant le vieillard pour implorer sa bénédiction.

La nuit tombait. Le salon n'était plus éclairé que par les bûches flambant dans la cheminée.

M. Mermier prit nos mains, et les réunit dans

la sienne d'un geste brusque, fou... Sa face s'empourpra, s'altéra, et sous l'empire d'une extraordinaire émotion il se mit à parler :

— Je l'aurai donc vu, ce moment béni! Lucienne a retrouvé *son Jean!* Ce qui était écrit est arrivé... Oui, mon ami, *vous êtes Jean*, ou plutôt c'est *son* âme envolée pour quelque temps qui revient habiter en vous...

Lucienne et moi, nous nous taisions, effarés. Le vieillard continua :

« Écoutez-moi : lorsque je vous aperçus dans le parc, à Brides, c'est le son de votre voix, — *sa* voix connue et chérie, — qui m'arrêta dans ma promenade... Je me retournai vers vous, et c'était *son* regard que je retrouvai dans vos yeux...

« Un trouble inexprimable s'empara de mon être. Croyez-vous à la métempsycose ? Comment, si vous n'y croyez pas, expliquez-vous ces réminiscences dont vous êtes le jouet ?

« Lorsque je laissai tomber dans la conversation le nom de Jean de Vintigny, pourquoi donc avez-vous tressailli ? pourquoi m'avez-vous répondu comme si je m'adressais à vous-même ?... Pour moi désormais le doute n'était plus possible : je retrouvais en vous ses gestes, ses intonations de voix, son tour d'esprit, sa grâce enjouée, sa vivacité poétique... »

L'agitation du vieillard augmentait : tout son corps était secoué d'un tremblement convulsif.

— Calmez-vous, mon père, calmez-vous, s'écriait Lucienne épouvantée.

Elle lui prenait les mains, mais lui, la repoussa hagard, sous l'empire d'une sorte de folie.

« Je comprenais que vous aussi vous sentiez que je n'étais pas un inconnu. Je me décidai à tenter l'épreuve capitale, décisive : je vous invitai à venir aux Tilleuls...

« Sur la route, mille souvenirs confus se pressent dans votre mémoire, et s'échappent de vos lèvres inconsciemment. Cette maison, vous la retrouvez... ; devant Lucienne qui ressemble d'une manière frappante à sa mère, votre cœur s'arrête de battre, vous vous troublez, vous chancelez...

« J'observais tout sans rien dire... Dieu et l'amour ont fait le reste. *Reprenez, Jean, celle qui vous appartient. O Jean! compagnon de ma jeunesse, ton âme est satisfaite... »*

M. Mermier semblait arrivé au paroxysme de l'agitation. Sa figure pâlit soudain, puis, comme un arbre foudroyé, il s'affaissa sur le parquet.

Lucienne poussa un cri. Qu'ajouterai-je à ce récit? Nous avons transporté le vieillard sur son lit. Le médecin mandé en toute hâte n'a pu que constater une attaque de paralysie. M. Mermier reprendra-t-il vie, nul ne peut le savoir encore.

21 *octobre.* — Toujours à peu près le même état de torpeur; pourtant le médecin nous donne quelque espoir.

Les révélations du vieillard m'ont rempli de stupeur. A-t-il dit vrai? *suis-je moi-même ou un autre, Jean ou Henri?* Ai-je vécu une autre vie? Il me semble à chaque instant que de vagues lueurs vont me révéler un passé évanoui... puis tout retombe dans le mystère. Ce sont comme des éclairs illuminant le paysage de leur clarté livide, et qui font trouver ensuite la nuit plus noire et plus sinistre...

La vue de Lucienne m'effraie et me charme à la

fois... Mais qu'importe, après tout, le passé, *s'il y en a un?* J'aime et je suis aimé, voilà la vérité. Je ne quitterai plus les Tilleuls!

Comme j'écrivais ces mots, un pas léger s'est fait entendre et Lucienne est entrée dans ma chambre. J'ai vu ses yeux humides de larmes.

— Henri, m'a-t-elle dit, pourquoi donc être à ce point inquiet et préoccupé? Promettez-moi de ne plus songer à cette affreuse scène d'avant-hier. Oubliez les folles rêveries d'un malade. J'ai besoin, plus que jamais besoin, de vous savoir heureux...

Et comme je l'attirais sur mon cœur :

— Mon bien-aimé, *c'est toi, toi seul, Henri!* que j'aime! murmura-t-elle; et son premier baiser, grave et tendre, est descendu sur mon front, comme une bénédiction.

LA MORT DE VICTOIRE

LA MORT DE VICTOIRE

I

ES camarades l'avaient nommé Victoire; il s'appelait Jean Blouart. Certes, il était né sous une bonne étoile, le trompette du régiment; tout lui souriait ici-bas: personne ne sonnait si joyeusement la diane, et on le reconnaissait de loin à son pas alerte et décidé.

Comme il jouait bien du clairon! c'est qu'il était musicien, et qu'il avait dans son enfance beaucoup écouté les oiseaux. Souvent, en gardant son troupeau dans ces belles campagnes de Touraine, il s'était façonné d'étranges flûtes avec l'écorce des saules. Il aimait à mêler sa voix aux millions de voix de la nature. Et maintenant il possédait un véritable instrument. Aussi, dans sa vie de garnison,.tous les après-midi il s'exerçait sur les bords de l'Orne. Il apercevait à travers les marronniers de la promenade les grandes tours des églises de Caen. Les flèches élancées semblaient trouer l'azur du ciel; c'était tout un fouillis de clochers, de dentelles de pierres, de dômes et d'ogives.

Au coucher du soleil, les chants des cloches s'élançaient vers le ciel, en un gigantesque concert. C'était d'abord une vague harmonie comme une berceuse; puis les voix s'élevant, se mêlaient pour s'affaiblir bientôt; les dernières notes s'égrenaient au vent du soir comme les perles d'un collier... et puis tout se taisait peu à peu. Et Jean Blouart restait longtemps encore à écouter cette ineffable musique. Ce n'est pas qu'il fût d'un caractère rêveur; il aimait fort au contraire la gaieté;

le rire franc et honnête, et son regard joyeux ne
s'abaissait jamais devant un autre regard.

Il n'avait eu qu'un chagrin dans sa vie : quitter
son père déjà avancé en âge, et laisser le logis
désolé. Il se consolait en pensant que le temps
s'écoulait vite et qu'il n'avait plus que deux ans
de service à faire. Parfois, en écoutant cette voix
des cloches, il songeait à l'*Angelus* du village, à
la cabane entourée de treilles verdissantes, et au
vieillard fumant sa pipe sur le seuil de la porte.
Mais il avait vingt-cinq ans, et à cet âge tout
semble si gai, si facile.

Puis la vie de garnison a bien ses distractions :
les causeries avec les camarades; les joyeuses
sonneries du clairon, le matin à la diane, le soir
à la retraite; le passage dans les rues remplies de
monde; les jolies têtes blondes qui se cachent
derrière les volets, et les repos à l'ombre des
arbres après l'exercice.

Or les jours coulaient ainsi rapides, lorsque la
guerre éclata.

II

On s'était battu tout le jour. Déjà le soleil baissait à l'horizon et l'on se battait encore. Des deux côtés on avait juré de vaincre, et nul n'eût osé reculer. Et le clairon vibrait, lançait ses notes guerrières au sein de la mêlée, s'associant à ce fracas immense des canons, des fusils et des cris des combattants.

Blouart avançait, avançait toujours, entraînant à sa suite les soldats ivres de poudre et de carnage. On luttait corps à corps. Victoire semblait vouloir réaliser son nom; comme un cheval emporté il se ruait sur l'ennemi, sonnant la charge sans relâche. Soudain il ne vit plus autour de lui d'uniformes français; devant lui, derrière lui, s'élevait un sombre rempart d'ennemis. En vain il s'efforce de se frayer un chemin à travers ce mur vivant; il aperçoit les fusils qui s'abaissent sur lui. Il est prisonnier.

Le soleil n'éclaire plus la campagne..., lentement, lentement, la nuit descend du ciel, la bataille est terminée.

Blouart chemine au milieu des soldats; il voit défiler devant lui comme dans un rêve les prés, les collines, les bois. Il marche inconsciemment, ayant toujours dans les oreilles le bruit affreux de la bataille.

Et maintenant on s'arrête à l'abri d'une forêt, on allume des feux; les flammes jettent une lumière sinistre sur les troncs des arbres. Victoire s'étend sur la mousse; vaincu par la fatigue, il s'endort et il rêve.

C'est une scène de son enfance. Le soleil brille, les oiseaux chantent; il voit sa maison bien aimée, et sa mère assise auprès de son rouet. Lui, il arrive de l'école, tout fier d'une baguette cueillie dans la haie. Quel beau fusil! il se pavane dans la cour, son arme au bras, avec un air des plus martial, quand un gros chien vient à passer sur la route en aboyant. Le vaillant soldat prend peur, et, jetant son fusil, s'enfuit à toutes jambes. Alors la mère, ouvrant la fenêtre, lui crie : « Fi donc ! un vrai brave ne se rend jamais ! »

Un vrai brave ne se rend jamais ! Il semble à Blouart qu'une voix redit ces mots à son oreille. Il s'éveille et promène ses regards autour de lui.

Tout repose dans la forêt silencieuse. On n'entend que le pas des sentinelles amorti par le tapis de mousse. Le ciel resplendissant d'étoiles apparaît entre les rameaux des arbres ; une brise fraîche, la brise qui précède l'aube, arrive toute parfumée des senteurs du bois. Victoire passe la main sur son front, il se souvient maintenant qu'il est prisonnier.

Il veut se lever, se sauver ou mourir..., mais il est surveillé, il ne peut remuer.

Les heures s'écoulent ; l'horizon blanchit, et l'on voit une route qui longe la forêt ; là-bas, des collines boisées aussi. Le chemin monte lentement à côté d'un ravin ; dans le fond rugit un torrent. On donne le signal du départ, mais ce n'est plus, cette fois, Victoire qui le donne. Il regarde tristement son clairon muet désormais.

Et il lui prend une furieuse envie de mourir.

Un vrai brave ne se rend jamais ! Cette parole résonne sans cesse à son oreille. Il marche entre deux soldats qui ne le perdent pas des yeux. Le précipice est là tout près. C'est la délivrance, c'est la mort. Victoire se jette soudain contre le soldat; celui-ci pousse un cri terrible, et, lancé par une force surhumaine, il disparaît dans le gouffre. Blouart va se précipiter à son tour, mais des poignets de fer s'abattent sur lui; il sent le froid des canons de pistolet sur son front. Il ferme les yeux.

En ce moment il pense à son vieux père; il le voit seul, sans fils, sans amour, finissant dans les larmes une vie désolée..., et il ne se sent plus le courage de mourir.

Cependant le chef ordonne d'abaisser les fusils : il ne veut pas qu'on fasse du mal au prisonnier, quel supplice plus terrible lui réserve-t-il ?

Et maintenant le soleil illumine les prés et les coteaux. Sur le bord du chemin les chênes et les hêtres étendent leurs bras nerveux; à chaque feuille pend une goutte de rosée, à chaque feuille un diamant. Tout resplendit, tout renaît, tout s'anime sous ce ciel éclatant qui verse la lumière et la vie. Mais Victoire ne regarde rien. Que lui importent ces splendeurs de la nature : il n'écoute que les angoisses de son âme. Et pourtant la voix qui réclame la vie et le bonheur devient plus forte. Il est si jeune, il a toute une carrière devant lui ; oh ! non, il ne faut pas mourir !

Et voici, la colline est gravie. Un officier s'approche de Jean Blouart et lui fait délier les mains.

— Maintenant, dit-il, tu vas sonner du clairon ; ici, l'on peut te voir. Regarde ces hommes dans la plaine, ce sont des soldats qu'il faut rallier ; quand tu auras sonné, tu seras libre !

— Qui sont ces soldats ? demande Victoire.

— Que t'importe, répondit froidement l'officier. Fais ce que je te dis ou tu es un homme mort.

Et Blouart vit, en effet, des fusils braqués sur lui. Puis soudain tous les hommes disparurent et se cachèrent dans les bois, de chaque côté de la route.

— Sonne, sonne donc! cria une voix féroce.
Vous autres, tirez s'il n'obéit pas.

On entendit le bruit sec des batteries.

Victoire prit son clairon et s'apprêta à jouer.
Ses yeux s'abaissèrent sur la campagne; dans un
repli de terrain il aperçut un petit campement:
c'étaient des Français.

On voulait les attirer dans une embuscade, et
on se servait de l'uniforme du trompette pour
cela!

— Joue, joue donc! répéta la terrible voix.

Jean Blouart approcha le clairon de sa lèvre...
et se mit à jouer. Les sons joyeux de l'instrument
retentirent dans les airs comme un chant de fête,
mais il sembla à Victoire que c'était un cri de
désolation et de mort.

Il jouait..., le campement français s'agitait. On
l'avait vu, c'était un ami qui appelait là-bas, et
tous pleins de confiance regardaient de son côté,
en poussant des clameurs d'allégresse. Il jouait...
et les soldats s'ébranlaient... Il jouait de toutes ses
forces, et les notes se précipitaient impétueuses.

Tout à coup dans la vallée une cloche lointaine se mit à sonner. C'était midi. Un voile de sang passa sur les yeux de Victoire. Il songea à l'*Angelus* de Caen; il revit en une minute la promenade des marronniers, son village, son père..., sa France bien aimée..... Et maintenant il la trahissait, cette France; au lieu de se sacrifier pour elle, de lui donner jusqu'à la dernière goutte de son sang, il aidait à la ruiner, à la faire mourir: Il conduisait ses frères au sein de l'embuscade. Il était traître.

Et chaque bruissement du vent dans les feuilles, chaque gazouillement d'oiseau, chaque coup de la cloche redisaient: Traître! Traître!

Il lâcha son clairon.

— Sonne, sonne encore! hurla l'implacable voix.

— Oui, oui, je vais jouer, infâme! je vais jouer! répondit Blouart. Et de toutes les forces qui lui restaient il sonna l'alerte et la retraite.

Une pluie de balles s'abattit autour de lui.

Alors, se retournant vers le bois et se dressant de toute sa hauteur, sublime de menace et de douleur:

— Soyez maudits ! s'écria-t-il, soyez maudits !

Une effroyable détonation se fit entendre. Blouart pirouetta sur lui-même et tomba la face contre terre.

Le trompette Victoire était mort.

SOIRÉE D'ENFANTS

SOIRÉE D'ENFANTS

Tous les printemps la petite Mademoiselle Bourcq donnait sa « grande soirée. » C'était un événement, et la pension se trouvait bouleversée bien des jours à l'avance.

Grâce au décès d'un cousin éloigné, Mademoiselle Bourcq s'était réveillée un matin dans l'opulence. Il n'avait été bruit pendant un mois que de cette aventure inouïe. Sept ou huit vieilles filles qui formaient le personnel de la table d'hôte firent de cette nouvelle le sujet de leurs conver-

sations... et Dieu sait tout ce qu'elles purent in-
venter ! On alla jusqu'à parler d'un héritage d'un
demi-million... La rente n'était pourtant que de
deux mille francs.

La petite Mademoiselle Bourcq descendait
maintenant aux derniers coups de cloche : elle
arrivait aux « grandes heures ; » mais elle cherchait vainement à se donner une tournure en rap-
port avec son importance de capitaliste. Son nez
seul s'élevait fièrement vers le ciel, écrasant de sa
majesté un corps minuscule. — Évidemment elle
« se sentait quelqu'un » maintenant. Elle « voulait
bien » consentir à rester avec ses anciennes com-
pagnes, mais c'était une condescendance dont
elle entendait qu'on lui sût gré.

Petit à petit elle s'aperçut que le vide se faisait
autour d'elle. Elle daigna alors adresser quelques
mots aimables à Mlle Valois et la complimenter
sur ses travaux de tapisserie ; prier Mlle Manget
de se mettre au piano, et de lui jouer « comme
autrefois » une de ses sonates qu'elle aimait tant.
Puis, un jour, elle annonça qu'elle allait donner
une soirée *chez elle.*

Ce *chez elle* se composait d'une chambre à alcôve.

Elle lança donc ses invitations, et une trentaine de personnes se trouvèrent réunies dans ladite chambre, décorée pour la circonstance du titre pompeux de *salon*. Impossible de raconter l'état fiévreux de la petite Mademoiselle Bourcq pendant les jours qui avaient précédé cette solennité. Songez qu'elle avait dû ôter tous les meubles, mettre le lit au fond d'un corridor, car l'alcôve devait servir de vestiaire. Et ce n'est rien encore : elle avait décidé de régaler ses invités de la représentation d'une comédie. A soixante ans, elle s'était mise à apprendre un rôle et à faire répéter ses amies aussi jeunes qu'elle.

Ç'avait été toute une affaire que de trouver des costumes d'hommes pour les dames qui devaient représenter le sexe fort; c'en fut une autre de rassembler toutes les chaises de la maison, de les disposer en amphithéâtre et aussi serrées que possible, car la scène n'était pas des plus vastes, de préparer les gâteaux et les sirops qui devaient réconforter et rafraîchir « la foule » des invités.

Enfin tout était prêt. Deux lampes, une petite avec un capuchon vert, et l'autre, la grande, avec un chaperon rose, éclairaient paisiblement l'assemblée.

La petite Demoiselle Bourcq, coiffée d'un bonnet aux couleurs de l'arc-en-ciel, s'agitait, se multipliait, saluant d'un sourire gracieux la cohue des invités.

Lorsque tout le monde fut assis, elle disparut soudain de la chambre, ainsi que trois ou quatre des vieilles demoiselles. — Ce fut alors un tohu-bohu incroyable dans l'alcôve, où se costumaient les artistes. — Les spectateurs étonnés virent Mlle Manget, tremblante d'émotion, roide comme un piquet, s'asseoir devant le piano et jouer. Rien de plus singulier qu'une vieille femme faisant des trilles ! Elle joua l'ouverture d'une opérette-bouffe des plus modernes, comme jadis on devait jouer un air de Lulli ou de Rameau.

Après cette introduction vivement applaudie, la petite Demoiselle Bourcq apparut. Son nez seul s'était refusé à tout travestissement. Elle avait un costume de jeune premier des plus coquets;

d'autres vieilles dames entrèrent à leur tour déguisées aussi fort agréablement.

Alors on vit ce spectacle étrange d'une comédie jouée par des artistes de soixante à soixante et dix ans, l'amoureuse minaudant, et la petite Mademoiselle Bourcq à genoux, implorant le consentement de sa belle..., et tout cela d'une manière si naturelle! — C'est ainsi qu'elles se figuraient un instant, les pauvres filles, avoir ouï des paroles d'amour, avoir été adorées!

Puis ce furent les ovations de la fin, le rappel des acteurs et — le retour à la vie réelle au fond de l'alcôve. — Et tout ce bruit, ces lumières, ce tapage de chaises, de verres entre-choqués, enivraient la petite Mademoiselle Bourcq. Aussi, en accompagnant les gens qui s'en allaient, elle ramenait les châles sur les épaules et disait en s'essuyant le front:

— Prenez garde de ne pas être surpris par le froid; il faisait si chaud dans le *salon!*

Quelqu'un prétend même qu'elle avait dit: *les salons!* — En ce moment elle était riche, heureuse, entourée.

Telle fut la première soirée de Mademoiselle
Bourcq, et depuis elle en donne une aussi bril-
lante chaque année.

Et lorsque tout le monde est parti, que les deux
lampes sont éteintes, et le lit remis dans l'alcôve,
elle s'endort plus joyeuse qu'une reine, rêvant à
ses succès scéniques, et faisant le plan d'une fête
encore plus magnifique pour l'année suivante!

TABLE

TABLE

Achevé d'imprimer

le quinze décembre mil huit cent quatre-vingt-huit

PAR

ALPHONSE LEMERRE

(Aug. Springer, *conducteur*)

25, RUE DES GRANDS-AUGUSTINS, 25

A PARIS

www.ingramcontent.com/pod-product-compliance
Lightning Source LLC
Chambersburg PA
CBHW061427030726
47503CB00005B/1330